KB196304

우리는 오로라를 기다리고

우리는 오로라를 기다리고

© 서정아

1판 1쇄 발행 | 2024년 12월 30일

지은이 | 서정아
펴낸이 | 정홍수
편집 | 김현숙 이명주
펴낸곳 | (주)도서출판 강
출판등록 | 2000년 8월 9일(제2000-185호)

주소 | 서울시 마포구 동교로17안길 21(우 04002)
전화 | 02-325-9566
팩시밀리 | 02-325-8486
전자우편 | gangpub@hanmail.net

값 15,000원
ISBN 978-89-8218-357-7   03810

* 본 사업은 2024년 부산광역시, 부산문화재단 〈부산문화예술지원사업〉으로 지원을 받
  았습니다.

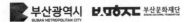

우리는 오로라를 기다리고

서정아 소설집

강

차 례

우리는 오로라를 기다리고

비행기에서 내리는 순간, 얼음 도시에서 뿜어져 나오는 냉기가 온몸의 숨구멍을 박음질하듯 날카롭게 내리꽂혔다. 나는 크림색 패딩 점퍼의 지퍼를 목까지 채우고 귀가 덮이는 털모자를 깊숙이 눌러썼다. 순식간에 몸 전체를 휘감아버린 낯선 추위에 상체가 절로 웅크려졌다. 긴 비행시간 내내 얕은 잠에 들었다 깼다 하면서 꿈과 몽상과 잡념 사이에서 오래 헤맸기 때문에, 모처럼 현실 감각이 일깨워지는 기분이 그런대로 괜찮았다.

입국 수속을 마치고 수하물을 찾아 공항 밖으로 나오자마자, 바퀴 달린 캐리어를 가져온 것이 잘못된 선택이었음을 깨달았다. 차가 다니는 도로를 제외하고는 대부분 눈이 잔뜩 쌓여 있었고, 발을 내디딜 때마다 흰 눈 더미에 깊은 흔적이 남았다. 그런 길 위에서 캐리어를 끌고 다니기는 아무래도 어려워 보였다. 나는 24인치짜리 진회색 캐리어를 양팔로 번갈아 들며 힘겹게 버스 정류장으로 향했다.

정류장에 도착한 지 얼마 지나지 않아 시내로 나가는 버스가 들어섰다. 버스가 달리는 동안 차창 밖으로 보이는 것은 오로지 하얀 눈으로 뒤덮인 산과 집들이었는데, 그 단순한 풍경을 가만히 바라보고 있으니 다시 현실 감각이 무뎌지는 것만 같았다. 그렇게 물컹해진 마음의 자리에 또 그의 얼굴이 들어차버렸고 나는 버스에서 내릴 때까지 내내 그 마음을 어쩌지 못했다.

시내로 나오니 도로의 사정이 그나마 나아졌지만 사람들이 밟고 다닌 눈이 얼어붙어 길이 무척 미끄러웠기 때문에 아주 느리게 걸어야 했다. 나는 캐리어를 조심스럽게 끌고 관광 안내소를 찾아 오로라 투어를 예약한 다음 햄버거 가게에 들어갔다. 쏨이 일을 마치는 시각까지는 두 시간 정도를 기다려야 했다. 짐 보관소에 캐리어를 맡겨놓고 시내 산책을 할 수도 있었지만, 긴 비행시간 내내 잠을 제대로 자지 못한 탓에 영하의 칼바람을 뚫고 걸어 다닐 의욕이 생기질 않았다. 나는 버거 세트 메뉴를 하나 주문하고 창가 쪽 자리에 앉았다. 쏨에게서 연락이 올 때까지 창밖 구경이나 할 작정이었다.

내가 여기 앉아도 될까?

몸을 잔뜩 웅크린 채 지나다니는 사람들을 멍하니 쳐다보고 있는데 누군가 내 어깨를 톡톡 두드리며 물었다. 고개를 돌려보니 옅은 갈색의 곱슬머리 남자가 내 대각선 자리에 버거와 음료가 담긴 트레이를 내려놓고 있었다. 빈자리가 많은데 굳이 왜. 나는 대답 없이 그를 쳐다보았다. 하지만 내 의사를 묻는다기보다는 앉기 전에 그저 예의상 하는 말이었던 듯 그는 이미 의자에 털썩 앉아버렸다.

창가 쪽 자리가 여기뿐이어서. 나는 테오야.

그는 마치 내 마음을 읽기라도 한 것처럼 변명했다. 그의 영어 발음에서 프랑스식 억양이 묻어났다. 내 이름을 알려주었더니 한국인인 것을 바로 알아챘다. 즐겨 보는 한국 드라마에서 비슷한 이름을 들었다고 했다.

트롬쇠에 살아?

아니, 오로라를 보러 왔어. 너도 그렇겠지만.

테오와 나는 각자 음식을 먹다가 창밖을 보다가 때때로 이런저런 이야기들을 주고받았다. 알고 보니, 우리는 같은 여행사의 오로라 투어 프로그램에 참여하기로 되어 있었다.

오로라를 볼 수 있을까? 무척 운이 좋아야 한다던데.

나와 함께 가니까 볼 수 있을 거야. 난 운이 좋은 사람이거든.

테오는 한 점의 의심도 없다는 듯 환하게 웃으며 말했다. 하얗고 가지런한 이가 드러나는 그 미소가 인경과 닮아 보여서 마음이 덜컹 내려앉았다.

나를 데리러 온 쏨의 얼굴은 다소 지쳐 보였다. 삼 년 만이었는데, 그사이 내가 알지 못하는 시간의 먼지들이 그녀의 얼굴에 촘촘히 내려앉은 것만 같았다. 우리는 길게 포옹했다.

결국, 왔구나.

결국.

그런데 여기까지 와서 겨우 버거킹이야?

지구의 가장 북쪽에 있는 버거킹이잖아. 눈의 왕국에 사는 기분이 어때?

춥고 지겨워.

그래도 아름답잖아.

장난해? 망할 풍경 따위는 금방 지루해진다고.

쏨은 고개를 흔들며 내 캐리어를 끌었다. 나는 탁자 위에 있던 털모자를 눌러쓰고 그녀를 따라 밖으로 나갔다. 오후 네 시밖에 안 되었는데 밖은 이미 어두웠고 상점과 가로등의 불빛들이 간신히 시야를 밝혀주고 있었다.

쏨의 집은 시내에서 차로 십여 분 정도의 거리였다. 작은 창이 여러 개 있는 연노란색의 단층 주택이었는데 양쪽 면이 경사져 있는 뾰족한 지붕에는 흰 눈이 소복했다. 인경은 언젠가 그런 박공지붕의 목조주택에 살고 싶다고 이야기한 적이 있었다. 태풍에 취약할 텐데. 내 말에 그는 쓸쓸한 미소를 지으며 대답했다. 아름다운 건 언제나 위험을 내포하고 있잖아. 그걸 알면서도 들끓는 마음을 어쩌지 못해서 자꾸 욕망하게 되는걸. 그땐 그 말이 단순히 박공지붕의 목조주택에 대한 이야기인 줄로만 알았다. 하지만 어떤 말들은 시간이 흐르고 나서야 마음에 깊은 자취를 새기기도 했다.

두 시간쯤 지나 카알이 집으로 들어왔다. 카알은 내게 여기까지 오느라 힘들지 않았느냐고 물었는데, 실은 나보다 그의 얼굴이 더 피로해 보였다. 삼 년 전 태국에서 만났던 그 사람이 맞는가 싶을 정도로 얼굴이 푸석푸석하고 피부의 채도가 낮아 보였다. 태국에서 카알과 나는 같은 요가 클래스의 수강생이었고 쏨은 강사였다. 우리 셋은 요가 수업 후 몇 번 함께 술을 마시면서 가까워지게 되었는데 어느 순간 쏨과 카알 사이에 묘한 기류가 흐르더니 곧 연인이 되었다. 그때만 해도 나는 그들의 연애가 일시적인 것이라고 생각했다. 카알은 여행자였으니까. 스쳐 가는 여행자의 감정에 쏨이 상처 입는 것은 아닐까 걱정했다. 하지만 카알은 쏨과 만난 지 한 달 만에 그녀에게 함께 사는 것이 어떻겠냐고 제안했다. 노르웨이로 같이 가자던 카알의 말에 쏨은 하던 일을 정리하고 비행기 티켓을 끊었다. 망설임이라고는 없는 그들의 선택이 나는 놀랍고도 불안했다. 내 영어가 감정적인 뉘앙스를 충분히 전달할 수 있는 수준이었다면 나는 쏨에게 내 걱정을 이야기했을 것이다. 그러나 불충분한 언어로 그녀와 나 사이에 오해를 만들고 싶지는 않았기에 그저 건강히 지내라는 평범한 작별 인사를 했었다.

카알이 만들어준 순록 스테이크와 함께 우리는 와인을 마셨다. 창밖으로는 눈발이 휘날렸고 거실 벽난로에서는 주황색 불빛이 따뜻하게 타오르고 있었다. 얼어붙을 것만 같던 몸이 어느새 노곤하게 녹아내렸고 얼굴은 발갛게 달아올랐다. 카알은 대화 내내 허리를 두드렸다.

허리를 다친 거야?

구급대원이라면 대부분 갖고 있는 고질적인 통증이야. 게다가 오늘은 거구의 남자가 목을 맸거든. 안아 내리다가 허리에 무리가 온 거지.

저런…… 안됐네.

흔한 일인걸. 응급 환자만큼이나 자살 사고 신고가 많으니까.

무섭지 않아?

뭐가? 시체 보는 거? 그것보다 죽은 사람의 어마어마한 무게가 더 무서워. 산 사람을 들 때랑은 다르다니까.

카알은 다시 허리를 두드렸다. 쏨이 그런 카알을 보며 낮은 한숨을 내쉬고는 말했다.

봐, 서인. 춥고 지겨운 곳이라고 했잖아.

투어 차량을 탑승하기로 한 장소에 도착하자 테오가 손을 흔들며 인사했다. 겨우 두번째 만나는 것일 뿐인데 오래 알고 지낸 사람 같은 친숙함이 느껴졌다. 가끔 그런 순간이 있었다. 몇 번 만나지 않았는데도 아주 익숙하고 편하게 느껴지거나, 반대로 오랜 시간 만나왔지만 낯설고 잘 모르겠다는 느낌이 드는 순간들.

우리는 가이드가 안내하는 대로 9인승 밴에 탑승했다. 오로라가 잘 보이는 스팟으로 가기 위해서는 시의 외곽 지역으로 이동해야 한다고 했다. 덜컹거리는 차 안에서 사람들의 설렘과 기대감이 기포처럼 떠올랐다. 여러 억양이 뒤섞인 가벼운 대화가 이어졌고 그러는 사이 점차 도시의 인공적인 빛들이 사라지기 시작했다. 차 안에서는 라흐마니노프의 피아노 협주곡이 흘러나왔다. 테오는 어둠으로 가득한 창밖을 바라보다가 말했다.

아름다워.

뭐가?

지금 이 순간이.

오로라는 아직 보지도 못했는데?

그건 걱정 마. 난 운이 좋은 사람이라니까.

테오가 너스레를 떨자 맞은편에 앉아 있던 영국인 노부부가 우리도 그 덕 좀 볼까, 하며 함께 웃었다. 이제 이런 여행은 그들에게 마지막이 될 거라고 노부부는 말했다. 긴 비행시간도, 뼛속까지 얼어붙게 만드는 추위도 이제 더는 감당하기가 어려울 거라고.

그러니 이번에 오로라를 보고 나면 우리는 따뜻한 휴양지에서 달콤한 과일이나 먹으며 여생을 보낼 거야.

그렇게 말하며 주름진 손을 서로 맞잡고 있는 노부부를 가만히 바라보니 어쩐지 눈에 물기가 차올라서 창 쪽으로 얼굴을 돌렸다. 시간이 지나고 모든 상황이 편해지면 오로라를 보러 가자고 인경은 내게 말했었다. 나는 고개를 끄덕이고 그의 어깨에 기댔다. 기약 없는 희망 고문이라 해도 괜찮았다. 그는 진심으로 내게 미안해했고 어쨌거나 우리는 삶의 일부를 공유하는 중이었다. 짧은 시간이었지만 언제나 감정은 충만했기 때문에 나는 더 많은 것을 바라지는 않았다. 더 바라는 순간 현실에 대한 균형감각이 깨져버릴까 봐, 그러다 그를 잃게 될까 봐.

가이드는 눈이 잔뜩 쌓인 평원에 차를 세웠다. 우리는 차에서 내려 가이드가 나눠주는 방한복을 덧입고 삼각대를 들었다. 모두들 커진 몸을 웅크린 채 펭귄처럼 우스꽝스럽게 걸었다.

여기가 좋겠어요.

가이드가 적당한 위치를 지정해주었고 우리는 삼각대를 내려놓고 하늘을 바라보았다. 어두운 하늘에는 구름만 가득했다. 고개를 잔뜩 젖혀 사방을 둘러보았지만 기대했던 오로라는 어디에도 보이지 않았다. 한참을 그러고 서 있는데 가이드가 고개를 저으며 차에 다시 타라고 했다. 영국인 노부부와 벨기에인 커플과 나와 테오는 고분고분하게 가이드의 말을 따랐다. 한 번에 성공하기는 쉽지 않은 일이라는 것을 모두 이미 잘 알고 있었다. 그래도 여전히 모두들 기대감에 사로잡혀 있었기에 다시 차에 올라타면서도 눈빛이 반짝였다.

하지만 두번째와 세번째 스팟에서도 우리는 끝내 오로라를 보지 못했다. 오늘은 아무래도 어려울 것 같다며, 가이드는 모닥불을 피우고 샌드위치와 커피를 나누어 주었다. 우리는 모닥불 앞에 둘러앉아 서로의 얼굴을 쳐다보며 간식을 먹었다.

이봐, 테오. 너의 행운은 어떻게 된 거야?

벨기에 커플이 장난스럽게 말하자 테오는 입술을 쭉 내밀고 어깨를 으쓱했다.

미안, 방에 두고 왔나 봐. 하지만 내일이 있잖아.

모닥불을 쬐며 간식을 먹은 우리는 곧 가이드의 안내에 따라 자리를 정리하고 차에 탑승했다. 시내로 돌아오는 길은 차갑고 고요했다. 차 안의 사람들은 작은 목소리로 두런거리다가 이내 말이 없어졌다. 나는 어느샌가 잠이 들어버렸고, 도착했다는 말소리에 눈을 뜨고 나서야 내가 테오의 어깨에 머리를 기대고 있었음을 알아챘다.

거의 정오가 다 되어서 일어났는데 창밖은 아직 완전히 밝지가 않았다. 여기 사람들은 이 정도의 빛만으로도 충분히 잘 살아갈 수 있는 걸까. 자주 발견된다는 목맨 시체도, 그것을 끊임없이 안아 내려야 하는 구급대원의 허리 통증도 궁극적으로는 부족한 일조량에서 비롯된 것이었을까.

연어와 야채 구이로 식사를 한 후 쏨과 카알은 내게 트롬쇠 전망대에 가자고 했다. 쏨은 오늘부터 휴가가 시작되었고, 카알은 야간 근무였다. 우리는 쏨이 운전하는 작은 차를 타고 전망대로 출발했다. 차 안에서 쏨은 태국어로 노래를 흥얼거렸다.

그만둬.

카알이 인상을 찡그리며 말했다.

그 노래 싫어.

왜 싫은데?

우울하고 불쾌해.

이건 전혀 그런 노래가 아냐. 그냥 네 마음이 그런 거겠지.

쏨은 그렇게 대꾸하고 다시 노래를 불렀다. 태국어를 발음할 때 쏨의 목소리는 영어를 할 때와는 좀 달라졌기 때문에 마치 다른 사람 같았다. 쏨이 계속해서 노래를 부르자 어느 순간 갑자기 카알도 노래를 시작했다. 노르웨이어로 된 노래였다. 자신의 노래에 방해를 받은 쏨은 목소리를 조금 높였고 그에 맞서듯 카알도 더 크게 노래를 불렀다. 어느새 그들은 악을 쓰듯 각자의 언어로 노래를 하고 있었다. 그것은 노래가 아니라 거의 싸움이었다.

그러다 어느 순간 덜컹, 하고 차가 흔들리더니 차선을 벗어나 쭉 미끄러졌고 차도의 가장자리에 쌓여 있던 눈 더미 속에 푹 처박혀버렸다. 곧 터져버릴 것처럼 시끄러웠던 차 안은 잠시 정적이 흘렀다. 카알은 멍하니 창밖을 보았고 쏨은 운전대에 얼굴을 파묻었다. 그래도 운이 좋네, 눈 더미에 부딪쳤으니까. 나는 고요 속에서 혼잣말처럼 중얼거렸다.

다행히 차에는 문제가 없었다. 우리는 밖으로 나와 눈 속에 장식품처럼 박혀 있는 작은 차를 밀어서 빼낸 다음 아무 일도 없었던 것처럼 다시 전망대로 향했다. 입구에서 케이블카를 타고 정상에 올라가자 북극 도시의 풍경이 비현실적으로 펼쳐져 있었다. 저 멀리에는 설산이 보였다. 먼 곳에 있으면서도 손에 잡힐 것만 같은 아름다움이었다. 산꼭대기로 불어오는 칼바람이 눈을 시리게 했다.

나, 태국으로 돌아갈 거야.

카알이 커피를 사 오겠다며 자리를 뜨자 쏨이 무심한 말투로 내게 말했다. 나는 조금 놀라서 얼굴을 돌려 쏨을 바라보았다.

언제?

곧.

카알도 함께 가는 거야?

아니. 카알은 아직 몰라. 곧 이야기해야지.

왜 돌아가려는 거야? 카알하고 무슨 문제 있어?

그는…… 좋은 사람이야. 너도 알다시피, 다정하고 성실하고 나에게 무척 잘하지. 하지만 어떤 순간마다 그를 잘 모르겠다는 생각이 들어. 이 년 넘게 함께 살았는데도 말이야.

누구나 그렇지 않을까, 하고 나는 쏨의 말을 들으며 생각했다. 나 역시 인경을 잘 몰랐다. 잘 안다고 자신했었는데, 누구보다도 그를 잘 아는 것은 나라고 확신했었는데, 지금 생각해보면 그에 대해 안다고 여겼던 것이 과연 무엇이었나 싶었다.

무엇보다도 여긴 너무 춥고 해가 짧아. 태국에 돌아가면 선베드에 누워 종일 햇볕을 쬘 거야.

나는 그렇게 말하는 쏨의 옆얼굴을 가만히 바라보다가 저 멀리 설산으로 눈을 돌렸다. 하얀 눈으로 뒤덮인 산은 이른 낙조와 함께 분홍빛으로 물들고 있었다. 아름다움은 언제나 가장 먼저 우리를 흔들어놓고 매료시켰지만 순간의 마음을 영원히 붙잡아두지는 못했다.

두번째 투어에서도 오로라를 보는 것은 실패했다. 가이드는 구름이 너무 많아서 그렇다며 우리에게 미안해했다. 구름이 많은 것이 그의 탓은 아니었는데 그는 두 번의 잇단 실패에 대해 큰 책임감을 느끼는 듯했다. 내일은 꼭 볼 수 있을 거라는 가이드의 말에 우리는 고개를 끄덕이며 하이파이브를 했다.

서인, 우리 술 마실 건데 같이 갈래?

밴에 타기 직전 벨기에 커플과 테오가 내게 다가와 물었다. 아직 문을 연 술집이 있을까?

내 방에서 마실 거야. 와인이 몇 병 있거든. 치즈랑 소시지도 있고.

테오의 말에 내가 바로 대답을 하지 못하고 망설이자 그는 내 어깨에 팔을 얹었다.

같이 가자. 너와 좀 더 이야기하고 싶어.

테오의 팔에서 느껴지는 무게와 온기에 나도 모르게 고개를 끄덕이고 말았다. 우리 넷은 테오가 머무르고 있는 숙소 앞에서 함께 내렸다. 너희에게는 오로라보다 더 좋은 것이 있구나, 하고 웃으며 영국인 노부부가 손을 흔들었다.

우리는 테이블을 침대 옆에 놓고 둥글게 마주 앉았다. 테이블 의자가 두 개밖에 없었기 때문에 두 명은 침대에 걸터앉아야 했다. 테오의 방은 좀 추웠으나 술을 마시기 시작하자 몸이 빠르게 데워졌다. 우리의 목소리는 붉게 달아오른 얼굴 위로 가볍게 떠올랐다. 벨기에 커플은 신비주의에 빠져 있었기 때문에 영적인 체험을 공유하는 것에 열성적이었다. 오로라를 보러 온 것도 그런 이유에서라고 했다. 마지막 와인을 땄을 때 그들은 나와 테오에게 붙어 있는 부정하고 악한 기운을 제거해주겠다며 배낭을 뒤적였다. 그들이 꺼낸 것은 푸른빛이 나는 작은 도자기 그릇과 나뭇잎 몇 장과 갈색 타조 깃털하나, 그리고 성냥이었다. 그들은 도자기 그릇 위에 나뭇잎을 놓고 성냥으로 불을 붙이더니 알 수 없는 주문을 외며 타조 깃털을 그 위로 흔들었다. 그러고는 테오와 나의 손바닥에 재가 된 나뭇잎을 뿌렸다.

이제 손바닥을 마주하고 비비면 돼.

우리는 영문도 모르고 그들이 시키는 대로 했다. 나뭇잎 재는 바닥으로 모두 떨어졌고 벨기에 커플은 마치 자신들이 해야 할 의무를 다한 것처럼 만족스러운 표정으로 이제 그만 가 보겠다고 했다. 그들이 아침까지 함께 있을 거라고 생각했었기 때문에 나는 좀 난처했다. 쏨에게는 아침에 들어가겠다고 이미 메시지를 보내둔 상태였고, 더군다나 차도 다니지 않는 시간이었다. 첫 버스 운행 시간에 맞춰 같이 나가자고 말해볼까 생각하던 차에 테오가 먼저 그들에게 작별 인사를 하며 내 손을 잡았다. 재가 묻어 있던 손이었다. 테오의 손은 크고 따뜻해서 내 손등을 외투처럼 푹 감싸버렸다.

우리가 그렇게 부정하고 사악해 보였나?

벨기에 커플이 떠난 뒤 우리는 검은 재가 묻은 서로의 손바닥을 보며 키득거렸다. 인경을 닮은 테오의 미소가 다시금 마음을 흔들었다.

이제 네 이야길 좀 해봐.

무슨 이야길 할까.

너의 눈을 이렇게 슬프게 만든 사람에 대해서.

나는 테오의 얼굴을 가만히 바라보았다. 그 사람의 이야기를 할 수 있을까. 완벽하지도 않은 영어로 얼마나 제대로 이야기할 수 있을까. 아니, 한국어로 말한다 해도 그리 다르지 않을 것이다. 나는 과연 그에 대해 얼마나 이야기할 수 있는 걸까.

인경을 처음 만났던 그 겨울날에는 오전 내내 비가 내렸다. 군데군데 고인 물이 얼어 있어서 발걸음이 조심스러웠다. 스마트폰의 길찾기 앱을 들여다보며 음악 감상실 건물을 찾고 있을 때 검정색 중형차 한 대가 옆에서 멈췄다. 운전석에 있던 남자는 내게 음악 감상실 위치를 물었다. 나도 같은 곳을 찾고 있는 중이라고 하자 그는 같이 찾아보자며 길 가장자리에 주차를 하고 차에서 내렸다. 키가 무척 크고 나이를 가늠하기 힘든 얼굴이었다. 우리는 주위를 한참 빙빙 돌다가 마침내 어느 골목 입구에서 음악 감상실의 작은 간판을 찾아냈다. 'Lien'이라는 프랑스어가 작은 필기체로 쓰여 있는 하얀 간판이었다.

불친절하지만 심플해서 멋있네요.

그렇게 말하는 그의 어법이 마음에 들었다. 투덜거리기는 쉬웠지만 좋은 점을 찾아내 말해주는 사람은 생각만큼 많지 않았다. 시작 시간이 오 분밖에 남지 않았기 때문에 우리는 서둘러 이층 감상실로 들어갔다. 참석 인원은 우리를 포함해 열 명쯤 되었고 운영자가 그날 감상할 음악에 대해 설명하

는 중이었다. 그날의 감상곡은 글렌 굴드의 「골드베르크 변주
곡」이었는데, 나는 그의 대각선 뒷줄에 자리를 잡고 앉았기
때문에 음악을 듣는 내내 그의 옆얼굴을 바라보게 되었다. 그
리고 그 순간의 감정이 강렬한 기억으로 내게 각인되었던 것
인지, 그 후로도 글렌 굴드의 연주곡을 들을 때면 언제나 그
의 눈 감은 옆모습이 떠오르곤 했다.

리앙에서는 정기적으로 음악 감상회를 열었고 우리는 가끔
그곳에서 마주쳤다. 한동안은 서로 미소 지으며 목례를 하는
것이 전부였다. 그러던 어느 날 음악 감상실에서 나오는데 예
상치 못하게 폭우가 쏟아지고 있었고, 당황스러워하며 출입
구 앞에 서 있는 내게 그가 말했다.

집까지 태워줄게요. 불편하지 않다면.

그는 운전을 하며 그날 감상실에서 들은 연주곡에 대해 말
하기 시작했고 나도 어느샌가 내 이야기를 하고 있었다. 리앙
에서 집까지는 이십여 분밖에 걸리지 않았지만, 우리는 집 앞
에 차를 세워두고 한 시간 넘게 이야기를 나눴다. 그의 차에
서 내렸을 때 폭우는 그쳐 있었다. 그때 나는 우리의 관계가
깊어질 것을 예감했다.

인경은 그동안 만나왔던 남자들과는 결이 다른 사람이었
다. 복잡한 감정을 하나로 뭉뚱그려버리지 않는 섬세함이 있
었고, 문학과 음악에 대한 이해가 깊었다. 그가 사용하는 어
휘는 풍부하고도 단정했다. 가장 좋은 점은 어떤 순간에도 겸

손을 잃지 않았다는 것이다. 그런 사람을 만나기가 쉽지 않다는 것을 알았기 때문에 나는 그를 꼭 붙들고 싶었다. 그가 기혼자임을 밝혔던 순간에도.

그는 아내와 일 년째 별거 중이라고 했다. 미안하다고 말하는 그를 붙잡은 것은 나였다. 괜찮다고. 상황이 정리될 때까지 편하게 만나자고, 미안해할 것 없다고, 나는 그렇게 그의 손을 잡았다. 그리고 두 해 가까운 시간을 그와 함께했다.

가끔은 그가 어정쩡한 결혼 생활을 계속 유지하고 있다는 것에 대해 불쑥 화가 났고 얼굴조차 모르는 그의 아내에게 질투가 나기도 했다. 하지만 나는 아무 말도 하지 않았다. 내가 먼저 손을 내밀어놓고 그에게 부담을 주어서는 안 된다고 생각했다. 중요한 것은 그와 함께 시간을 보낼 수 있다는 사실이니까. 그의 진심을 알고 있는 사람은 그의 아내가 아니라 나라고 확신했으니까.

하지만 지난가을 우리가 계획했던 짧은 여행을 앞두고 그에게서 연락이 끊겼을 때, 그동안 내가 갖고 있었던 그 모든 확신들은 거센 바람 속에 놓인 가느다란 나뭇가지처럼 흔들리고 부서졌다. 전화를 아무리 걸어봐도 연결이 되지 않았고 메시지에도 답이 없었다. 그렇게 며칠이 지나고 나서야 그의 신상에 대해 내가 아는 것이라곤 겨우 휴대폰 번호뿐이라는 사실을 자각했다. 주소는 아파트 이름까지만 알 뿐, 몇 동인지도 몰랐다. 별거 이후 홀어머니가 집에서 살림을 도맡아주고 있다고 했기 때문에 그의 집에는 한 번도 가본 적이 없었다. 그의 사무실 역시 어느 동네에 있다는 것만 알고 있었지, 정확한 위치나 전화번호조차 알지 못했다. 내가 할 수 있는 일이라곤 그저 계속해서 전화를 걸고 메시지를 보내는 것뿐이었다.

눈싸움을 하자.
점심 식사를 마친 후 쏨이 말했다. 카알과 나는 동시에 어리둥절한 눈으로 쏨을 바라보았다. 카알은 야간 근무를 마치고 아침에 들어와 겨우 몇 시간 쉬었을 뿐이었고, 나 역시 테오의 숙소에서 잠시 눈을 붙였다가 아침 첫차를 타고 돌아왔기 때문에 무척 피곤한 상태였다. 점심을 먹고 나면 좀 더 자고 일어나서 마지막 오로라 투어를 갈 계획이었는데, 눈싸움이라니.
할 거지?
카알과 나는 쏨의 전투적인 눈빛에 어쩔 수 없다는 듯 고개를 끄덕였다. 우리는 그릇들을 대충 치워놓고 외투와 털모자와 장갑으로 무장한 채 앞마당으로 나갔다. 북극의 짧은 일조 시간을 모처럼 만끽할 수 있는 한낮이었다. 몸은 추워도 햇빛에 눈이 부셨다. 카알과 쏨은 자주 그렇게 시간을 보내왔는지 마당에 나오자마자 익숙하게 자리를 잡고 눈덩이를 뭉치기 시작했다. 나도 그들과 대략 정삼각형 형태가 되도록 자리를 잡은 후 잔뜩 쌓여 있는 눈을 한 덩어리씩 뭉쳤다. 어린 시절 모처럼 눈이 많이 왔던 어느 겨울 이후로는 한 번도 해본 적이 없던 놀이였다.

쏨이 먼저 양쪽으로 눈덩이를 던지면서 눈싸움에 시동을 걸었다. 조금 귀찮은 마음이었는데 막상 눈을 뭉쳐 던지기 시작하자 재미가 붙었다. 눈덩이는 가끔 서로의 몸을 맞추었고, 대부분은 그전에 이미 떨어져 부서졌다. 우리는 어린애가 된 것처럼 깔깔거리며 눈싸움을 했다. 그러다 어느 순간 그 웃음이 멈췄다. 카알이 던진 눈덩이가 쏨의 얼굴을 정면으로 맞힌 것이었다. 쏨은 비명을 지르며 얼굴을 감싸 쥐었다. 하지만 카알은 멈추지 않고 계속해서 쏨을 향해 눈을 던져댔다. 쏨은 태국어로 악을 쓰듯 뭐라고 외치면서 일어났다. 그러더니 카알의 얼굴을 향해 눈덩이를 던지며 욕을 해댔다. 카알 역시 그에 질세라 노르웨이어로 소리를 질러가며 눈을 마구 던졌다. 그들이 하는 말의 의미를 정확히 알 수는 없었지만 더럽고 치졸한 말들이 공기 중에 뒤섞이고 있는 것이 분명했다. 이제 그들에게 나는 안중에도 없었다. 애초에 눈싸움을 빙자해 그냥 싸움을 하고 싶었던 건가 하는 생각이 들었다. 있는 힘을 다해 소리를 지르고 눈을 던져대는 두 사람을 보고 있으니 괜히 눈물이 났다. 나는 고인 눈물을 닦고 집 안으로 들어갔다. 부엌 유리창으로 카알과 쏨이 보였다. 저렇게 엉망진창이 되어도 끝까지 서로를 마주할 수 있다면 후회가 남지 않을까. 나는 그러지 못했기 때문에 이토록 후회하고 아직도 미련을 버리지 못하는 걸까.

인경의 아내로부터 전화를 받은 것은 그와 연락이 끊어진 지 세 달이 지났을 무렵이었다. 그녀는 단도직입적으로 용건을 말했다.

그 사람 죽었어요. 연락해도 소용없어요.

나는 아무 말도 하지 못했다. 그녀는 나와 인경의 관계를 안 지 오래되었다고, 하지만 곧 제자리로 돌아올 사람이라는 걸 알고 있었기 때문에 그저 두고 보았다고 했다. 나는 인경이 죽었다는 그녀의 말을 믿을 수가 없었다. 사실이라면 장지라도 알려달라고 부탁했다.

착각 그만해요. 잠시 감정이 동했던 거지, 둘 사이에 남은 거 아무것도 없잖아요. 뭐 하나 제대로 아는 것도 없었으면서, 무슨 장지 운운하는 거예요? 그 사람 이 세상에 없는 줄도 모르고 몇 달이나 살았을 테니 계속 그렇게 살아요.

그녀의 말에 따르면 둘은 별거 중이 아니었고 이혼을 염두에 둔 적은 더더욱 없었다. 내가 알고 있는 사실 중 그녀의 말과 일치하는 것은 결혼 십여 년이 지나도록 아이가 없다는 사실뿐이었다. 그 외의 것들은 모두 내가 알던 인경에 대한 이야기가 아니었다. 그녀의 말을 들으면서 나는 계속해서 의심했다. 이 여자는 정말 인경의 아내일까. 인경이 죽었다는 것도 모두 거짓이 아닐까. 하지만 설령 그 모든 말들이 거짓이라 해도 내가 확인할 길은 없었다. 내가 그에 대해 정확히 알고 있는 정보는 휴대폰 번호 하나뿐이었으니까.

전화가 끊어진 후 나는 다시 통화 버튼을 눌렀다. 전화는 연결되지 않았다. 그렇게 끝내기에는 모든 게 너무 불확실했지만 끝내지 않을 방법은 없었다. 나는 무릎 사이에 얼굴을 파묻고 소리 내어 울었다. 내가 인경에 대해 알고 있었던 것은 무엇이었나. 그는 실존했었나. 모든 기억이 희뿌연 안개 속으로 사라져버린 것만 같았다.

또다시 오로라 투어에 간다고 하자 쏨이 말했다.

관두고 나랑 술이나 마시자.

그래도 여기까지 왔는데 오로라는 봐야지. 오늘은 진짜 볼 수 있을 거래.

여행자한테 이런 말 미안하지만, 봐도 별거 없어. 사진으로나 멋있어 보이는 거지. 그냥 하늘의 색이 좀 달라질 뿐이야.

그래도 다들 신비롭고 아름답다고 하잖아.

사람들의 기대감이 만들어낸 환상이지. 그거 하나 보자고 북극까지 왔는데 별거 아니었다고 말할 수는 없으니까.

어차피 오늘이 마지막 투어야. 술은 내일 마시자.

카알과 싸우고 마음이 잔뜩 닳아버린 채로 집에 혼자 남아 있어야 하는 쏨이 걱정되긴 했지만 나는 옷을 챙겨 입고 길을 나섰다. 일찌감치 해가 져버린 오후의 풍경은 아무래도 익숙해지지가 않았다.

언제나 집결 장소에 먼저 와 있던 테오는 보이지 않았다. 투어 차량이 출발할 때까지도 그가 오지 않자 벨기에 커플이 어떻게 된 거냐고 내게 물었다. 나는 어깨를 으쓱하고 테오에게 메시지를 보냈다. 답은 오지 않았다. 다시 만나기로 약속한 것은 아니었지만 어쩐지 좀 서운한 마음이 들었다.

테오가 안 와서 어쩌나. 오늘은 꼭 운이 따라줘야 하는데. 우리 인생에선 오늘이 오로라를 볼 수 있는 마지막 기회라고.

영국인 노부부가 푸념하듯 말했다. 테오는 어쩌자고 그렇게 자신만만했을까. 자신이 가진 운을 믿으라던 그 말에 사로잡혀버린 우리는 그의 부재에 모두 불안해했다. 물론 돈과 시간이 충분하다면 얼마든지 투어에 다시 참여할 수도 있었다. 하지만 다들 모처럼 시간과 경비를 들여 온 빠듯한 여행이었고, 오늘은 꼭 오로라를 보아야만 했다.

첫번째와 두번째 스팟에서 다시금 실패를 하고 투어 참가자들은 거의 기대를 접은 채 하품을 해대며 지루함을 참고 있었다. 그런데 마지막 스팟에 도착했을 때였다. 가이드가 흥분된 목소리로 우리에게 외쳤다.

저기, 오로라가 보입니다! 모두 방한복을 챙겨 입고 내릴 준비 하세요.

꾸벅거리며 졸고 있던 나는 가이드의 목소리에 눈을 뜨고 방한복을 여몄다. 차내는 기쁨으로 웅성거렸다. 마침내 보는 구나. 사흘간의 기다림이 헛되지는 않았구나. 사람들의 목소리는 투어 첫날 차량에 탑승할 때처럼 다시금 들떠 있었다.

그러나 차에서 내려 가이드가 가리키는 방향의 하늘을 바라보았을 때 나는 옅은 한숨을 내쉬고 언 땅을 괜히 발로 툭툭 찰 수밖에 없었다. 투어 회사의 광고판에 부착되어 있던 커다란 사진에서 본 오로라가 아니었다. 인터넷에서 보았던 여러 사진들과도 확연히 달랐다. 뭐랄까, 본래 오로라가 가져야 할 색깔에 물을 아주 많이 섞은 것 같은 흐릿한 녹색의 하늘빛이라고 해야 할까. 가이드가 말해주지 않았더라면 알아보지도 못했을 것처럼 희미한 색깔이었다.

생각만큼 선명하게 보이지는 않겠지만, 사진으로는 멋지게 나올 겁니다. 셔터 스피드를 조절해서 찍어보세요.

가이드의 말대로 셔터 스피드를 길게 해서 사진을 찍었더니 마침내 내가 보고 싶었던 오로라의 형상이 화면에 나타났다. 그런데 카메라 화면으로나 제대로 볼 수 있는 이 오로라는 과연 진짜 오로라가 맞을까. 우리가 기다렸던 오로라가 맞는 걸까. 나는 그런 생각을 하며 무감각하게 셔터만 눌러댔다. 그러는 사이 하늘에 그나마 흐릿하게 퍼져 있던 초록빛도 서서히 자취를 감추고 말았다. 남은 것은, 차갑고 고요한 북극의 밤하늘뿐이었다.

거미줄

우리가 헤어지기로 했다는 소식을 전했을 때 시모는 농담이라고 생각하며 웃다가 그런 분위기가 아니라는 것을 알아채고는 나와 경준을 설득하려 했다. 하지만 우리는 이미 길고 지리멸렬한 이별의 통로에서 맨 끄트머리에 도달해 있었다. 따라서 그 이야기는 상의가 아니라 통보의 의미였다. 불편했지만 얼굴을 맞대고 직접 이야기한 것은, 결혼식을 올리고 몇 년간 가족이라는 관계로 지냈던 어른들에 대한 최소한의 예의였다.

경준은 한 달간의 해외 출장이 끝나는 대로 짐을 챙겨 부모님의 집으로 들어가겠다고 했다. 애초에 내가 살고 있던 원룸에 그가 들어온 것이었고, 돈 관리는 각자 했었기 때문에 나누어야 할 재산도 없었다. 다만 고양이 미로가 문제였다. 경준은 자신이 미로를 데려가겠다고 했다.

　내가 데려왔으니까 내가 책임질게.

　나는 그럴 필요 없다고 말의 마디를 꾹꾹 눌러가며 말했다. 경준도 쉽게 물러서지 않았다. 우리는 헤어지기로 결정할 때보다 미로의 거취에 대해 이야기할 때 더욱 치열하게 싸웠다. 미로에게 의사를 물을 수도 없는 노릇이었으므로 온전히 둘이 싸우는 수밖에 없었다. 긴 언쟁 끝에 결국 경준이 포기했다. 고양이에게 환경이 바뀌는 것은 큰 스트레스가 될 것이며, 부모님 댁에 미로를 데려가면 어른들도 불편해하실 수 있다는 이유가 가장 크게 작용했다.

　시모는 그 이후로 계속 나에게 전화를 걸어왔다. 철없는 젊은 애들의 사랑싸움을 어른으로서 다독이고 말려주어야 한다고 생각한 것 같았다.

　얘, 지나고 보면 다 별거 아니다. 나중에 돌아보면 왜 그랬었나 할 거야. 내가 살아보니 그래. 아직 애가 없으니 에너지가 남아도는 거다. 애 낳아봐라, 둘이 싸울 틈도 없을걸.

　살아보니 그렇더라는 말은, 넌 아직 인생을 모른다, 라는 뜻이었다. 나도 다 겪어온 거다, 그러니까 내 나이가 될 때까지 입 다물고 견뎌라, 그런 말이었다. 자기 삶을 살았을 뿐이면서, 타인의 경험과 느낌을 단 한 번도 생각해보지 않으면서 사람들은 그런 말을 쉽게도 했다. 일정 나이에 다다를 때까지 모두가 같은 경험을 하는 것도 아니었고, 설령 같은 경험을 했다 하더라도 모두 동일한 결론을 얻는 것도 아닌데, 사람들은 나이를 먹고 경험이 많아질수록 충고하기를 좋아했다. 마치 그것이 죽기 전 자신에게 주어진 사명이라는 듯이, 충고의 할당량을 다 채우지 못하면 지옥에 떨어지기라도 한다는 듯이.

경준의 부모님은 작은 트럭에 과일을 싣고 다니며 팔았다. 가끔 상품 가치가 없는 것들을 한 봉지씩 담아 와서 우리에게 건네는 일도 있었다. 물렀거나 멍이 들었거나 벌레 먹은 과일들. 덕분에 냉장고에 과일이 떨어지는 일은 없었다. 생각해주는 것은 고마웠지만 좁은 원룸에서 시부모와 접이식 상을 펴고 마주 앉아 시간을 보내는 일은 마치 학창 시절 내 잘못이 아닌 일로 단체 벌을 설 때의 기분을 떠올리게 했다. 시모는 우리의 사정을 살피지 않고 무작정 찾아와서 벨을 눌렀다.

애들 피곤할 텐데 과일만 주고 그냥 가지.

시부는 때때로 예의를 차리려는 듯이 그렇게 말했지만 시모는 가볍게 웃어넘기며 신발을 벗었다.

부모가 아들 집에 오는 건데, 뭘. 은혜야, 우리는 커피.

나는 커피를 타고 과일을 깎았다. 아들 집, 이라는 말이 지루한 노래의 후렴구처럼 내 귀에 맴돌았다.

애, 지금 집에 있지? 사과를 좀 갖다주마.

언제나처럼 일방적인 통보였으며 나 역시 그런 방식에 익숙해져 있었지만, 이번에는 네, 어머니, 하고 고분고분하게 대답할 수가 없었다. 이러지 마시라고, 헤어지기로 했다고 이미 말씀드리지 않았냐고, 나는 뾰족하게 말했다.

경준이랑 다퉜다고 나한테까지 그럴 것 없잖니. 이번 사과는 정말 맛있다. 너 준다고 일부러 좋은 걸로 빼놨어.

시모는 물러설 기색이 없었다. 나는 전화를 끊고 베트남에 있는 경준에게 메시지를 보냈다. 어머니한테 다시 제대로 말씀 좀 드려봐. 나 너무 불편해.

사실 경준의 부모님을 대하는 일은 처음부터 내내 어려웠다. 지극히 평범한 분들이었고 관계가 나쁘지 않았는데도 나는 언제나 그들 앞에서 긴장하고 조심했다. 그건 마치 굽이 높은 구두를 신고 하루 종일 서 있는 것처럼 피로한 일이었다. 결혼과 함께 펼쳐진 새로운 관계의 망은, 나에게 두려움과 기쁨을 동시에 주었다. 거미줄처럼 찐득하고 기다란 줄은 나를 영영 그곳에서 빠져나오지 못하게 할 것만 같았지만, 한편으로는 그 안에서 안온하게 잠들고 싶기도 했다. 끈적거리는 줄에 휘휘 감겨 온몸의 기운이 소진되더라도 괜찮다고 생각했다. 가족이 생긴 거니까, 나도 가족이라는 따뜻한 안식처를 갖게 되었으니까, 라고.

시모가 과일 봉지를 들고 나타날 때까지 경준은 아무런 답이 없었다. 나는 어색함을 애써 감추고 문을 열었다. 미로는 재빠르게 침대 프레임 뒤로 숨었다.

아버님은요?

차에 있으라고 했다. 너하고 둘이서 편하게 이야기 좀 하려고.

편하게, 라니. 나도 할 수만 있다면 미로처럼 숨고 싶었다. 시모는 싱크대 옆에 세워둔 접이식 상을 자연스럽게 펼쳤다. 나는 커피를 한 잔 타서 상 위에 올리고 싱크대에서 사과를 깎기 시작했다. 시모는 후루룩 소리를 내며 커피를 한 모금 들이켜고 내 등 뒤에서 살짝 들뜬 목소리로 말했다.

애, 실은 내가 다음 달에 계를 탄다. 그걸로 올해 가족여행을 가자. 전에 일본 갔을 때 정말 좋았잖니. 네 덕분에 우리가 그런 구경도 해보고. 내가 친구들한테 얼마나 자랑을 했는지 모른다. 딸 같은 며느리라고.

사과 껍질을 깎던 과도가 살짝 엇나가 왼쪽 엄지손가락을 스쳤다. 베인 피부 틈으로 천천히 맺히는 선홍색 핏방울을 보자 현기증이 나는 것 같았다. 평소보다 더욱 크게 느껴지는 시모의 목소리는 작은 집을 뭉게뭉게 채워가고 있었다.

괜한 일을 했다고 생각했다. 라디오 퀴즈 같은 것, 괜히 참여했다고.

주말 오후 흘려듣던 라디오 프로그램의 퀴즈에 심심풀이로 문자를 보냈는데 당첨이 되었다고 연락이 왔다. 경품은 오사카행 크루즈의 4인 왕복 티켓이었다. 별다른 노력도 없이 그런 행운이 주어진 일은 처음이어서 좀 믿기지가 않았다.

부모님을 모시고 가자.

경준이 그렇게 말했을 때는 잠시 말문이 막혔다. 4인용 티켓이지만 크루즈 회사에 연락해서 2인용 디럭스 선실로 변경을 요청해볼 생각이었다. 추가 비용을 내야 한다면 그럴 용의도 있었다. 시부모를 모시고 일본 여행을 간다는 옵션은 생각해본 적이 없었다. 하지만 이미 내가 동의한 것처럼 기대에 부풀어 있는 경준의 얼굴에, 나도 모르게 고개를 끄덕이고 말았다.

우리 모두 외국에 나가는 것은 처음이어서 무엇부터 어떻게 해야 할지 잘 몰랐다. 경준보다는 시간이 여유로웠던 내가 여행 준비를 대부분 맡기로 했다. 그 모든 것이 어쩌면 설레고 즐거운 일이 될 수도 있었겠지만, 시댁 식구들과 함께 하는 여행이라니 하나하나가 조심스러워졌다. 여행은 언제나 계획과 어긋나기도 하고 예상치 못한 일이 생길 여지를 가지고 있었다. 타지에서 그런 추억거리를 쌓는 것도 한편으로는 여행의 묘미일 텐데, 그렇다 한들 어른들을 모시고 가면서 처음부터 변수를 만들 수는 없었다. 나는 모든 것을 꼼꼼하게 체크하고 비교하고 선택하느라 출발 전에 이미 물먹은 솜처럼 지쳐버렸다.

아이고, 내가 아들 덕에 해외여행을 다 해보고.

크루즈에 올라타면서 시모는 경준의 등을 두드렸다. 오사카행 크루즈는 생각보다 많이 낡았고 복도와 중앙홀은 영업시간이 지난 유흥업소처럼 어둡고 음침했다. 바닥에 깔린 카펫에서는 퀴퀴한 냄새가 났다. 보이지 않는 곳곳에 검고 푸른 곰팡이꽃이 피어나고 있을 것만 같았다. 우리가 배정받은 선실은 4인용 가족실이었는데 창문이 없었기 때문에 마치 어딘가에 갇힌 기분이 되었다. 출항 후 얼마 지나지 않아 나는 멀미를 시작했다. 속이 울렁거리고 구역질이 났다. 약을 먹어도 좀처럼 증상이 호전되지 않아 방 한쪽 구석에 침구를 펴고 누웠다.

고스톱이나 치자.

선실을 이리저리 살펴보던 시부가 가방에서 화투를 꺼냈다. 시모와 경준은 자연스럽게 자리를 잡고 앉았다. 언제나 익숙하게 해오던 일인 것처럼 패를 잡고 화투를 치는 셋의 모습이 내겐 무척이나 낯설었다. 바닥에 누워 거친 파도의 움직임을 고스란히 느끼며 나는 오래된 영화를 보듯 그들을 바라보았다. 경준에겐 말하지 않았지만 그 뒤로도 가끔 그 장면이 불쑥불쑥 떠올랐다. 뱃멀미를 하느라 선실 구석에 누워 있는 나를 두고 한가운데에 모여 앉아 당연한 일상처럼 화투를 치던 세 사람의 모습 말이다. 나는 함께 있으면서도 영원히 겹쳐질 수 없는 어떤 부분에 대해 오래 생각했고, 그럴 때마다 손끝이 차갑게 얼어붙는 것만 같았다.

오사카의 숙소는 공유숙박업체를 통해 예약한 이십 평대의 아파트였다. 네 식구가 묵을 만한 호텔은 너무 비쌌으므로 차선책으로 택한 곳이었다. 항구에서 숙소 근처까지 바로 오는 버스를 미리 알아놓았지만 비가 오는 바람에 택시를 타야 했다. 그리 먼 거리가 아니었는데도 오천 엔이 넘게 나왔다. 미터기의 숫자가 올라갈 때마다 시부는 택시비가 뭐 이렇게 비싸냐고 투덜거렸다.

호텔이 아니고 민박집이냐.

숙소 앞에 도착했을 때 시모는 실망한 목소리로 말했다.

요즘은 이렇게들 많이 온대요. 이용객 평점 좋은 데니까 깨끗하고 괜찮을 거예요.

아무리 그래도 호텔만 하겠니.

첫 해외여행인데 무리를 하더라도 숙소에 비용을 좀 더 쓸걸 그랬나, 하고 나는 후회를 했다. 여행 기간 내내 후회의 연속일 것만 같아서 마음이 얇은 종이처럼 구겨졌다.

첫날 일정은 오사카성에 가는 것으로 계획되어 있었다. 숙소 근처에서 JR을 타고 오사카조코엔역에 내려 십오 분 정도 걸어야 했다. 날씨가 맑았더라면 주변을 구경하며 걷는 것만으로도 충분히 좋았을 텐데, 우산을 쓰고 빗길 속에서 안내자 역할을 하려니 헤맬까 봐 조급한 마음뿐이었다.

다행히 길 찾기는 어렵지 않았다. 물이 차 있는 해자 너머로 천수각이 보이자 나는 유적지에 대해 읽어두었던 것들을 가족들에게 이야기해주었다. 내 말이 채 끝나기도 전에 시부가 물었다.

저게 오사카성이냐?

네, 아버님.

겨우 이런 데였냐? 대단한 성인 줄 알았더니 별 볼 일 없구나.

그래도 꽤 유명한 유적지예요. 비가 와서 그렇지, 관광객들이 늘 많은 곳이래요.

그러냐, 하고 시부는 고개를 끄덕였다. 우리는 천수각을 향해 계속해서 걸었다. 모퉁이를 돌자 낡은 벤치 옆에 엎드린 채 비를 맞고 있는 한 노인이 보였다. 다리 한쪽이 없는 사람이었다. 낡고 더러운 점퍼로 몸을 감싼 그는 우리가 가까이 다가가자 일본어로 반복적인 말을 중얼거렸다. 그의 앞에는 동전 몇 개가 든 깡통이 놓여 있었다. 나는 가지고 있던 동전을 좀 넣어주려고 가방을 뒤적였다.

도와주지 마라.

시부는 그렇게 말하면서 마치 실수인 것처럼 노인의 앞에 놓여 있던 깡통을 발로 툭 찼다. 깡통이 가로수 쪽으로 데굴데굴 굴러 엎어졌고, 그 안에 있던 동전들은 모두 쏟아져버렸다. 노인은 고개를 들어 우리를 한번 보더니 이내 가로수 쪽으로 몸을 끌며 기어가서 깡통을 줍고 떨어진 동전들을 하나씩 그 안에 담았다. 시부는 그런 노인을 내려다보며 아무 감정이 담기지 않은 목소리로 말했다.

도와줘봤자 술이나 사 먹고 그러다 더 살기 싫으면 그냥 죽어버리는 거다, 저런 것들.

그 말에 나는 얼굴이 달아올랐다. 그 짧은 한마디에 누군가를 저격하는 분명한 뜻이 함의되어 있는 것만 같아서 울컥하는 마음이 들었고 당장 그 자리를 벗어나고 싶어졌다. 시부의 얼굴을 제대로 쳐다보기가 어려웠다.

비는 꽤 많은 양으로 계속해서 내리고 있었다. 저녁은 숙소 근처에 미리 알아봐둔 가정식 요릿집으로 가서 먹었다. 음식 맛에 대해서는 다행히 다들 만족스러워했다. 다만 시모는 식사를 하는 내내 집에 혼자 남아 있는 둘째 아들 이야기를 하며 눈시울을 붉혔다.

경호도 같이 왔으면 좋았을걸. 밥은 제때 챙겨 먹었으려나.

시모의 그 말은 여행 내내 여러 번 반복되었기 때문에 나는 자꾸만 마음이 불편해졌다. 마치 그 자리에는 내가 빠지고 시동생이 있어야 마땅할 것만 같았다. 내가 들어가 있는 어떤 테두리 안에 또 다른 선이 그어져 있는 것 같은 느낌, 안에 있는 것도 밖에 있는 것도 아닌 상태로 어중간하게 서서 그들의 삶을 기웃거리고 있는 것만 같은 느낌, 그런 마음이 전부였던 여행이었으므로 나는 단 한 번도 그날에 대해 추억하거나 그리워한 적이 없었다. 생애 첫 해외여행이었는데도 말이다.

네가 고아라서 처음에 우리가 결혼을 반대했던 것은 너도 알고 있을 것이다.

나는 그렇게 말하는 시모의 얼굴을 가만히 바라보았다. 볕에 오래 그을린 얼굴, 그 얼굴 곳곳에 고집스럽게 새겨진 주름들이 말의 마디마다 꿈틀거렸다.

내가 자란 곳은 수녀님들이 운영하는 시설이었다. 미혼모였던 친모가 생활고를 이기지 못하고 나를 데려왔다고 원장 수녀님으로부터 들었다. 그때 나는 네 살이었다고 했다. 네 살 이전의 기억은 전혀 갖고 있지 않았으므로 친모의 존재는 내게 의미가 없었다. 내가 고등학교를 졸업하고 보육원에서 독립하게 되었을 때 수녀님은 친모를 찾고 싶다면 도와주겠다고 했지만, 나는 그 제안을 거절했다. 성인이 될 때까지 내게 아무런 기억도 주지 않은 누군가를, 새삼스럽게 어머니라고 부르고 싶지 않았다. 끝내 빠져나오지 못할 것이 분명해 보이는 잿빛 갯벌에 발을 집어넣지는 않겠다고, 수녀님 방을 나오며 생각했다.

보육원에서 나온 후 나는 꽤 오랜 시간 불안하고 위태로웠다. 그동안 나를 둘러싸고 있었던 삶의 테두리가 한순간에 사라져버리자, 조그만 천 조각 하나 없이 완벽하게 발가벗겨진 채 세상에 내던져진 기분이 되었다. 보육원에서 나올 때 받은 자립금은 집을 구하기에 턱없이 부족한 액수였기 때문에 한동안 진경 언니의 옥탑방에서 신세를 져야 했다. 나와 함께 보육원에서 자란 후 두 해 먼저 자립한 진경 언니는 간호조무사로 일을 하고 있었다. 나 역시 진경 언니의 권유대로 간호학원에 등록했고 얼마 후 작은 의원에서 일을 시작하게 되었다.

그 시절 나는 젊음을 마음껏 낭비하려고 마음먹은 사람처럼 굴었다. 병원 일이 끝나면 별 의미 없는 모임을 쫓아다니며 술을 마셨고 아무나 쉽게 만났다가 미련 없이 헤어졌다. 그렇게 시간을 허비해서 빨리 나이가 들고 싶었다. 진경 언니는 그런 나를 걱정스럽고 안타까운 눈으로 바라보면서도, 쉬운 충고의 말을 함부로 건네지는 않았다. 다만 술을 많이 마신 다음 날이면 따뜻한 국을 끓여주고, 시답잖은 만남에 지쳐 돌아온 날에는 내가 좋아하는 음악을 틀어주곤 했다.

진경 언니가 있었더라면.

나는 삶의 어떤 순간들마다 언니에게 기댔다. 들숨 날숨이 한없이 무거워지는 날에도, 알 수 없는 곳에서 날아든 그물에 온몸이 휘감기는 것 같은 기분이 들 때도, 한여름에도 문득 한기가 들거나 예기치 못한 장소에서 울컥 눈물이 쏟아지는 순간에도.

나를 두고 왜 그렇게 가버렸냐고 원망스럽게 언니의 사진을 바라보다가, 실은 내가 언니를 혼자 내버려두고 떠나온 것이 더 먼저였다는 생각에 다시금 자책했다. 핏줄로 맺어진 친족이 없는 내게 진경 언니는 유일하게 기댈 언덕이었다. 하지만 나는 내 삶에서 무엇이 더 중요한지, 어떤 것을 지켜야 하고 누구의 손을 놓지 말아야 하는지 알지 못했다. 아니, 어쩌면 알면서도 모른 척했던 것인지도 모른다.

나는 진경 언니와 함께 지낸 지 삼 년 만에 원룸을 얻어 이사했다. 여름엔 온몸이 녹아내릴 것 같고 겨울이면 머리카락까지 모두 얼어붙을 것만 같던 옥탑방이 지긋지긋해진 이유도 있었지만, 진경 언니의 예민한 심성과 뿌리 깊은 우울의 그늘에서 벗어나고 싶은 마음도 컸다. 어둠이 바닥을 치는 시기에 언니는 아무것도 하지 못하고 누워만 있었다. 직장 경력은 자주 단절되었고, 그렇게 지내는 동안 모아놓은 돈은 모두 흔적 없이 사라졌다.

내가 원룸을 구했다고 했을 때 진경 언니는 희미하게 웃으며 잘되었네, 하고 말했다. 나는 어쩐지 좀 미안해져서 원룸으로 같이 가는 게 어떻겠냐고 마음에도 없는 소리를 했다.

아냐, 난 여기가 편해.

언니가 그렇게 사양했을 때 나는 더 이상 손을 내밀지 못했다. 어쩌면 안도했던 것일 수도 있었다. 나는 최소한의 성의를 보였고 그것을 거절한 사람은 진경 언니다, 라면서.

그 이후로도 가끔 언니의 집에 들렀다. 언니는 언제나 그 자리에서 나를 맞아주었다. 영원히 그곳에 있을 것만 같았기 때문에 늘 안심했다. 함께 살지 않으니 언니에게 붙어 있던 무겁고 어두운 공기에 대해서는 쉽게 잊어버릴 수 있었다.

경준과는 일 년을 만난 후 결혼 이야기가 나왔다. 이십대 내
내 반복되던 연애와 이별에 피로감이 높아졌을 무렵이어서 그
리 오래 고민하지 않고 함께 살기로 결심했다. 그와 나 사이의
결정은 쉬웠으나 경준의 부모 입장에서는 그렇지 않았던 모양
인지, 상견례를 하기까지 꽤 오랜 시간이 걸렸다.

부모님이, 너도 가족을 데려와야 하지 않겠느냐고 하시는데.

반년 만에 상견례 날짜를 잡았을 때 경준은 무척 난처해하
며 내게 말했다.

내가 가족이 어디 있어?

네 사정은 말씀드렸는데, 그래도 상견례인데 누구라도 데려
오라고……

나는 그날 진경 언니에게 가서 오랫동안 울었다. 언니는 이
유도 묻지 않고 등을 쓸어주다가 내가 울음을 그치자 따뜻한
차 한 잔을 내어주었다.

그냥 결혼하지 말까? 자존심 상해.

마음 가는 대로 해. 나는 언제라도 네 편이야.

어쩌면 언니의 그 말 때문에 결혼 결정을 번복하지 않은 것
인지도 모르겠다. 언제나 내 편인 사람이 있으니까 실수여도
괜찮겠지, 실패하고 돌아와도 기댈 곳이 있는 거겠지, 하고.

그렇지만 이제 언니는 없다. 언제나 그곳에 있을 수 있는 사
람은 애초에 없었던 거라고, 나는 시모와 얼굴을 마주 보고 앉

아 생각했다. 시모는 잘 외워둔 연극 대사를 읊듯 한 단어도 머뭇거리지 않고 말을 이어나갔다.

그래도 이제는 가족 아니니, 가족. 힘든 것이 있으면 나한테 이야기해봐라. 나는 이제 너를 딸이나 다름없다고 생각한다. 어려운 일은 서로 대화로 풀어야지, 대번에 헤어지겠다니. 철없는 생각이지 뭐냐. 나한테 다 털어놓고, 우리 가족여행도 가고, 너랑 경준이 이제 애도 갖고, 그렇게 살아가는 거다. 이혼이니 뭐니 그런 소리 말고, 응?

결혼을 해도 크게 달라질 것은 없지 않을까. 처음엔 그렇게 생각했다. 아이 갖는 일만 보류한다면 생활에 큰 변화는 없을 테니까. 둘 다 그대로 직장을 다닐 것이고, 각자의 계획에 맞춰 차근차근 미래를 준비하면 될 일이었다. 평일 저녁이나 주말에 데이트 약속을 따로 잡을 필요가 없어지니 그 점은 편하겠지, 하고 나는 단순한 낙관을 했다.

하지만 평생 다른 환경에서 살아온 두 사람이 갑자기 한 공간에서 매일 함께 지낸다는 것은 생각만큼 낭만적이거나 안온한 풍경이 아니었다. 사소한 차이가 작은 요철처럼 뾰족하게 튀어나와 느리게 굴러가는 우리의 일상을 조금씩 닳아가게 했고 그렇게 시간이 흐르면서 경준과 나는 곧 터져버릴 자동차 바퀴처럼 위태로워졌다. 경준과 시부모가 진경 언니에 대해 무책임하게 비하하고 비난했던 말들이 내 마음의 한 축

을 무너뜨렸고, 아슬아슬하게 지탱하고 있던 다른 한쪽은 비
루하다 할 만큼 사소한 일들로 인해 허물어졌다.

이게 뭐야?

어느 토요일, 병원 근무를 마치고 집으로 돌아왔을 때였다.
손을 씻으려고 화장실에 들어갔는데 변기 옆에 콜라 페트병
이 놓여 있었다. 페트병을 들어보니 담배꽁초 두 개가 보였
다. 환풍기가 돌아가고 있다는 것은 그다음에 알았다.

아, 미안. 내가 깜빡하고 안 치웠네.

집에서 담배 안 피우기로 했잖아.

너 있을 땐 안 피우잖아.

내가 있건 없건.

경준은 알았어, 알았어, 하며 담배꽁초가 든 페트병을 현관
에 놓여 있는 쓰레기봉투에 넣었다.

그걸 거기 넣으면 어떡해.

나는 페트병을 다시 꺼내 뚜껑을 열고 거꾸로 흔들어 담배
꽁초를 빼냈다. 밀폐된 통 안에서 찌들어가고 있던 담배 냄새
가 싫었고 함께 정한 규칙을 지키지 않은 그에게 화가 났다.
담배꽁초를 빼낸 통을 물로 헹구고 겉에 붙은 라벨을 떼어냈
다. 페트병을 바닥에 놓고 발로 찌그러뜨릴 때 경준이 볼멘소
리를 했다.

아, 피곤해.

뭐?

너 가끔 사람 피곤하게 하는 데가 있어.

네 뒤처리하느라 내가 더 피곤해. 그리고 전에도 말했지만 소변볼 때 앉아서 좀 하면 안 돼? 그럼 덜 튀잖아.

대충 좀 살자. 그걸 매일 닦으려니 힘들지.

더럽잖아.

가족끼리 뭐가 더러워.

가족이라도 더러운 건 더러운 거야.

말이 심하다, 너.

정말로 심한 건 너 아니냐고, 슬리퍼를 신고 밖으로 나가버리는 경준의 등 뒤에 대고 나는 소리쳤다. 돌풍처럼 훅 불어오는 바람에 문이 굉음을 내며 닫혔다.

결혼을 하고 나서 빨래나 설거짓거리는 두 배가 되었고, 먼지와 쓰레기도 그만큼 빠르게 쌓였다. 하지만 경준은 집안일에 먼저 손대는 일이 없었다. 청소나 분리수거를 부탁하면 알았다고 대답만 해놓고는 늘 미루었기 때문에 결국 내가 하게 되는 식이었다. 집안일은 여자인 네가 해야지, 라는 식의 고루한 생각을 가진 사람은 아니었다. 다만 먼지나 악취, 더러움에 대해 그는 무감각했고, 나는 민감했다. 결국 견디지 못하는 쪽이 일을 더 하게 되었는데, 경준은 그런 부분에 대해 딱히 신경을 쓰지도 않았고 모든 것을 당연하게 받아들였다. 서로에게 고마워하거나 미안해하지도 않는 관계라면 남보다도 못한 거라고, 우리는 이미 그렇게 되어버렸다고, 그런 생각을 하며 나는 페트병을 밟고 또 밟았다.

일방적으로 이어지던 긴 이야기 끝에 시모가 돌아갔고, 나
는 전날 사두었던 커다란 종량제 봉투를 꺼냈다. 웨딩 액자와
앨범, 결혼식이 녹화된 CD 따위를 모두 버릴 작정이었다. 결
국 쓰레기가 되어버릴 물건들에 아까운 돈과 시간을 낭비한
것만 같았다. 이렇게 될 줄은 몰랐으니까, 하고 스스로를 다
독이며 침대 머리맡에 걸려 있던 액자를 먼저 봉투에 넣었다.
결혼 앨범은 침대 밑에 먼지가 쌓인 채 방치되어 있었다. 한
손으로 들기에 버거울 정도로 두꺼운 장정의 앨범을 꺼내 쓰
레기봉투에 버리려다가 마지막으로 한번 펼쳐보았다.

그곳엔, 고운 한복을 차려입은 진경 언니가 옅은 미소를 띠
며 앉아 있었다. 신부 측 혼주 자리를 홀로 지킨 채로, 나를
가만히 바라보면서.

결혼식을 할 생각은 없었다. 애초에 나는 예식이니 웨딩 촬
영이니 그런 것들을 낭비라고 생각했다. 판으로 찍어내듯 똑
같은 형식도 싫었다. 경준은 내 생각에 동의했지만, 펄쩍 뛰
는 부모님을 설득하지는 못했다.

우리랑은 세대가 다르시잖아. 네가 이해해.

그래도 결혼 당사자는 우린데.

결혼식을 올려야 부모님이 그동안 뿌린 축의금도 회수가
되고.

그게 이유야?

아까운 건 사실이잖아. 효도한다고 생각하자.

경준의 그 말에 묘한 반감이 들었지만, 그때는 내 뜻을 관철하는 것보다 서로 의견을 맞추어나가는 과정이 더 중요하다고 생각했기 때문에 결국 대부분의 사람들이 하는 것처럼 의례적인 예식을 치르기로 했다. 어쩌면 경준의 부모님으로부터 듣고 싶지 않은 말들을 피하려고 쉽게 내 생각을 접었던 것일지도 모르겠다. 본데없이 자라서 쓸데없는 고집을 부린다느니, 부모가 없어서 그렇다느니 하는 이야기들 말이다. 살아오면서 마음에 날카롭게 박혔던 편견의 언어를 예비 가족에게까지 듣고 싶지는 않았기 때문에 나는 지레 몸을 사렸다.

상견례 자리를 지켜줄 사람도, 결혼식의 혼주가 되어줄 사람도 내게는 진경 언니 한 사람뿐이었다. 그렇게 해줄 수 있냐고 묻는 내게, 언니는 그럼, 하고 평소보다 몇 배는 더 힘찬 목소리로 말했다.

고마워, 언니. 걱정했는데.

나한테 부탁 안 했으면 서운할 뻔했어. 아무 걱정 말고 행복한 신부가 될 준비나 해.

그렇게 말해주던 언니 덕에 나는 불우한 유년의 기억과 누구를 향한 것인지 모를 원망의 감정들을 내려놓고 평범한 봄의 신부가 되어 넘치는 축복의 시간을 누렸다. 그리고 그다음 해 여름, 언니는 떠났다.

그때 나는 많은 사람들이 누리는 흔하고도 무난한 인생의 궤도에 진입했다는 생각에 약간 도취되어 있었던 것 같다. 그 럴듯한 아파트 한 채 없이 작은 원룸에서 시작하는 신혼 생활이 어떤 관점에서는 보잘것없어 보일 수도 있었겠지만, 그런 것보다는 누군가와 가족이 되어 함께 산다는 일 자체가 내게 위안을 주었다. 아무도 없는 낭떠러지에서 줄 하나를 잡게 된 것처럼 느껴졌다. 그것이 허구일 수도 있겠다는 생각을 그때는 하지 못했다. 나를 구해줄 단단한 밧줄이 아니라 얇고 끈적거리는 거미줄에 불과하다 하더라도 그 줄을 믿고 싶었다. 그저 세상이 인정해주는 가족이 생겼다는 사실만으로도 삶이 완전히 달라지는 기분이었고, 동화에나 나올 법한 이상적인 결혼 생활을 할 수 있을 것만 같았다.

그런 도취감에 한껏 젖어 있을 무렵이었으므로, 경찰에게서 연락이 왔을 때 나는 한동안 무슨 말인지 전혀 알아듣지 못했다. 진경 언니가 죽었다는 말에도, 날씨 때문에 이미 부패가 많이 진행된 상태라는 말에도, 그저 네? 네? 하고 되묻기만 했을 뿐이었다.

언니는 언제나 그래왔던 것처럼 죽는 순간까지도 단정했다. 일인용 침대 위에는 각이 잘 잡힌 이불이 곱게 접혀 있었고, 작은 좌식 테이블 위에는 각종 서류와 통장 등이 투명 파일집에 정리된 채 놓여 있었다. 나는 경찰과 함께 옥탑방을 둘러보는 동안 숨을 제대로 쉴 수가 없었다. 모든 힘을 소진해버리고 마침내 죽음을 선택한 사람이 대체 무슨 여력으로 쓰레기통을 비우고 화장실 청소를 했을까. 어떤 마음으로 그릇을 닦아 차곡차곡 정리하고 옷을 가지런히 개어둔 것일까. 그 마음이 무엇인지 나는 도저히 상상할 수가 없었다.

아유, 이게 무슨 일이야, 대체.

옥탑방 주인아주머니가 와서 인상을 잔뜩 찌푸린 채로 경찰에게 말했다.

가족이 없대요? 그럼 이걸 어쩐대, 그래? 이래서 아무한테나 세를 주면 안 되는 건데.

유류품 처리 문제는 구청에 문의하라는 경찰의 말에 아주머니가 나를 쳐다보았다.

근데 아가씬 누구야? 친구야?

가족이에요.

응?

제가 가족이라고요. 제가 다 정리할 거니까 그만하세요.

나는 일주일 후로 계획되어 있던 여름휴가 일정을 모두 취소한 후 장례를 치르고 몇 안 되는 언니의 물건들을 정리했다. 경준은 휴가를 취소하는 것에 대해 약간 불평을 했다. 어렵게 일정을 맞추고 가성비 좋은 숙소를 힘들게 찾아 예약했는데 아깝다는 것이었다.

그냥 다녀오면 안 돼? 유품 정리는 나중에 해도 되잖아. 네가 꼭 해야 되는 것도 아니고.

한 사람의 죽음은 누군가에게는 그저 귀찮은 일이었고, 느닷없이 찾아오는 불청객처럼 외면하고 싶은 것에 불과했다. 나 역시도 그를 원망스런 눈길로 쳐다볼 자격은 없었다. 진경 언니가 우울의 늪에서 헤매고 있을 것을 알면서도 나는 다른 곳만 쳐다보고 있었다. 어쩌면 과장된 망상이나 허구에 불과할지도 모르는 제도적 안정감에 도취되어, 내게 정말 중요했던 한 사람을 잊어가고 있었던 것인지도 몰랐다.

나는 이제 너를 딸이나 다름없다고 생각한다, 그렇게 말했던 시모는 불과 며칠 만에 차갑고 날이 선 목소리로 전화를 걸어왔다. 경준으로부터 연락을 받은 후 우리의 확고한 결정에 대해 더 이상 돌이킬 수 없다는 것을 마침내 알게 된 것 같았다.

냉장고는 우리가 가져가야겠다. 십 분 뒤에 도착한다.

그리고 전화는 툭 끊어졌다. 나는 옷을 챙겨 입고 냉장고 문을 열었다. 냉장실과 냉동실에 가득 찬 음식들을 보니 마음이 아득해졌다. 이걸 다 어쩌지. 나는 한숨을 내쉬고 냉장실의 반찬통부터 꺼내기 시작했다.

재작년 봄, 냉장고가 고장 났을 때 시모는 새 냉장고를 사주겠다며 나를 전자제품 매장으로 데려갔었다. 기존에 사용하던 미니 사이즈 냉장고 매대를 둘러보고 있었는데, 시모는 그런 내게 소꿉놀이하냐며 살짝 핀잔을 주고 제대로 된 걸 고르라고 말했다. 그 순간엔 마치 친정엄마가 딸에게 잔소리를 하는 것 같아서 마음이 뭉클해지기도 했다. 그렇게 사게 된 냉장고는 집의 크기에 비해 다소 과한 감이 있었지만, 막상 사용하다 보니 그동안 작은 냉장고로 어떻게 지냈나 싶을 정도로 칸칸이 음식들이 가득 찼다.

냉동실의 마지막 칸 음식들을 다 꺼냈을 때 벨이 울렸다. 문을 열자 시부와 어떤 중년의 남자 하나가 먼저 들어와 냉장고 코드를 뽑고 냉장고를 밀고 끌며 문 쪽으로 가져갔다. 마치 일면식도 없는 사람의 집에 일만 하러 왔다는 듯 시부는 아무 말이 없었다. 시모는 멀찍이 팔짱을 끼고 서 있다가 무척 화가 난 표정으로 나를 보며 말했다.

우리가 너한테 얼마나 잘해주려고 노력했는데.

……알아요.

알긴 뭘 알아. 가족이 뭔지도 모르는 애가.

시모는 내게서 돌아서서 엘리베이터 버튼을 눌렀다. 냉장고를 엘리베이터에 싣는 동안 나는 문 앞에 어정쩡하게 서 있었다. 언제 생긴 건지, 현관 문틀의 가장자리에는 얇은 거미줄이 제법 넓게 쳐져 있었다. 무엇이라도 걸리기만 하면 그 끈적한 점성의 방사실로 다 휘감아버릴 것만 같은 줄이었다. 나는 그 거미줄을 발로 툭툭 쳐서 뭉갰다. 검은 슬리퍼의 앞코에 얇고 하얀 실이 엉겨 붙었다. 냉장고를 다 싣고 나서 시모가 뒤도 돌아보지 않고 엘리베이터에 올라탄 후에야 나는 집 안으로 들어왔다. 주방 쪽을 보니 싱크대 위와 그 아래 바닥까지 자리를 차지하고 있는 음식들이 집 안 가득 이미 고약한 냄새를 풍기기 시작하는 것 같았다.

가족이 뭔데.

마치 누군가가 내 앞에 있는 것처럼 나는 중얼거렸다.

그게 뭔데, 대체.

얼어 있던 식료품들은 냉동실과 실내의 온도 차를 견디지 못했다. 차가운 물방울이 음식물 포장지와 플라스틱 통의 곳곳에 동그랗게 맺혔다. 실온에 방치된 냉동식품처럼 나는 바닥에 털썩 주저앉아 소리 없이 울기 시작했다.

그들은 바다를 낀 국도를 달리고 있었다. 반 뼘쯤 열어둔 차창으로 소금기가 물씬 섞인 바람이 들어왔다. 모처럼 공기의 질이 깨끗했고 구름 한 점 없이 맑은 날씨여서 하늘과 바다의 경계가 잘 구분되지 않았다. 평일 낮의 국도는 한산했고 그들 역시 바쁘게 움직여야 할 이유가 없었기 때문에 동민은 바깥 경치를 즐기기 딱 좋을 만큼 완급을 조절해 운전했다. 보연은 해풍에 날리는 머리카락을 귀 뒤로 넘기고 마스크를 인중까지 내려 숨을 크게 들이쉬었다. 오랜만에 피부로 와닿는 바닷바람이 꿈결처럼 넘실거렸다.

"보연 씨, 마스크 벗고 편하게 계세요. 하준이도 마스크 벗고."

동민이 룸미러로 보연을 힐긋 쳐다보며 말했다.

"어머, 아직까지 마스크 쓰고 있었어? 편하게 있어. 우리끼린데 뭐 어때."

수진이 조수석에서 뒤를 돌아보며 눈을 동그랗게 떴다. 하준이 허락을 구하듯 보연을 쳐다보았고, 그녀는 고개를 끄덕였다. 팬데믹 이후로 모든 공간은 둘로 나뉘었다. 마스크를 써야 하는 곳과 벗어도 되는 곳. 마스크를 내려 자신의 얼굴 전체를 보여주는 것은 이제 아무하고나 할 수 있는 일이 아니었다. 개별적이고 독립적인 공간이 있어야 했고 상대방의 침방울에 바이러스가 존재하지 않을 거라는 상호 확신이 필요했다. 식사 시간처럼 불가피한 순간이 아닌 때에 마스크를 벗는다는 것은 동거 가족만큼의 친밀감과 신뢰감이 바탕에 깔려 있어야만 가능한 일이었다. 그랬기 때문에 보연은 마스크를 접어 가방에 넣으면서 단순히 호흡이 편안해지는 것 이상의 상기된 감정을 느꼈다.

보연과 함께 뒷좌석에 나란히 앉은 리아와 하준은 그녀가 쥐여준 스마트폰으로 유튜브를 보고 있었다. 수진은 아이들이 너무 오랜 시간 화면을 들여다보고 있는 것이 신경 쓰였는지 창밖 풍경도 좀 구경하라며 한마디씩 했으나, 아홉 살짜리 아이들의 눈은 무료하게 펼쳐지는 경치보다 작은 화면 속 유튜버의 장난감 놀이에 더 사로잡혀 있었다.

"우리 리아, 오늘 하준이 덕분에 유튜브 실컷 보네."

수진이 어쩔 수 없다는 듯이 말했다.

"리아는 평소에 유튜브 잘 안 보나 봐. 우리 하준인 그냥 매일 끼고 사는데."

"내가 안 보여줘. 아무래도 검증이 안 된 거니까. 사실 볼 시간도 없고."

"하긴…… 리아는 하는 게 많지?"

보연의 물음에 동민이 어휴, 말도 마세요, 하며 끼어들었다.

"초등학교 2학년짜리가 어찌나 바쁜지, 저랑 놀 시간도 없다니까요. 그런데도 지금 과학 실험인가 뭔가 하나 더 시키자고…… 보연 씨가 리아 엄마 좀 말려줘요."

"자기가 몰라서 그렇지, 리아는 많이 하는 것도 아니야."

"나야 뭐, 자기가 그렇다니 그런가 보다 하는데…… 아무튼 요즘 애들 불쌍해. 어릴 때 놀기도 하고 그러면서 커야지."

"하여튼 남자들은 저렇게 속 편한 소리만 한다니까."

수진이 동민의 옆구리를 주먹으로 살짝 치며 보연에게 동의를 구하는 듯 뒤돌아보았다.

"어릴 때 여러 가지 배우게 해주면 좋죠. 여건만 되면."

보연이 그렇게 말하자, 동민은 내가 열심히 벌어야겠네, 하며 웃었고, 수진도 따라 웃었다. 보연은 자신의 스마트폰을 들고 있는 하준을 바라보았다. 여건만 된다면 그녀도 하준에게 많은 것들을 경험하게 해주고 싶었다. 유튜브로 보여주는 한 뼘짜리 평면의 세계가 아니라 현실에서 오감으로 체험할 수 있는 그런 것들. 하지만 형편상 어려운 일이라는 것을 그녀는 잘 알고 있었다. 손쉽게 간접 체험의 기회라도 제공해주는 유튜버들에게 감사하는 편이 보연으로서는 차라리 현실적이었다.

"리아는 학원 몇 군데 다녀?"

"학원은 아니고 과외. 원래 영어는 어학원 보냈었는데, 요즘 학원발 감염도 많고 해서 원어민 과외로 돌렸어. 영어, 수학, 논술, 피아노 레슨. 이것뿐인데 괜히 저런다니까."

"과학 실험은 무슨 얘기야?"

"두세 명 팀 짜서 하는 건데, 선생님이 도구 가져와서 애들이랑 실험하고 원리 가르쳐주는 수업. 근데 아직 팀을 못 짰어. 가까운 데 살면 하준이랑 같이하면 좋을 텐데."

"……그러게."

정말 그럴 수 있다면 얼마나 좋을까. 보연은 풍성하고 윤기가 흐르는 수진의 머릿결을 보면서 생각했다. 네가 살고 있는, 학군 좋은 동네의 대단지 아파트. 그 속에 사는 수많은 사람들 중에 내가 있다면, 너와 매일 커피를 마시고 함께 요가 클래스에 다니고, 하준이는 리아와 함께 소규모 그룹 과외를 받고, 그렇게 살 수 있다면.

하지만 이번 생에는 오지 않을 삶이라는 걸 그녀는 알았다. 현상 유지만 되어도 다행이라고 생각했다. 열심히 살지 않은 건 아닌데 빚은 늘어만 갔고 삶의 질은 점점 나빠졌다. 팬데믹 이후로는 정광의 거래처 몇 군데가 문을 닫았기 때문에 덩달아 그의 일감과 수입도 감소했다. 보연이 파트타임으로 일하던 한정식집은 손님이 눈에 띄게 줄었고 얼마 지나지 않아 그녀는 해고되었다. 아이가 다니는 보습학원은 작은 교실에 많은 아이들이 밀집되어 수업을 받는 곳이었지만, 감염병 확산에 취약한 환경이라고 할지라도 더 나은 환경의 학원으로 옮기거나 과외를 시켜줄 여력이 그녀에게는 없었다. 보연의 걱정과 불안은 눈에 보이지 않는 바이러스보다는 당장 이달에 내야 할 학원비 쪽에 더 기울어져 있었다.

출발한 지 한 시간이 좀 넘었을 무렵 그들은 별장에 도착했다. 한적한 시골 마을에 자리 잡은 하얀색 단층집이었다. 백 평 남짓 되어 보이는 마당에는 촘촘하게 잔디가 깔려 있었는데 누군가 정기적으로 관리를 하고 있는 듯 단정했다.

"집이 좀 작지?"

별장 내부를 보연에게 소개하며 수진이 멋쩍은 듯 말했다. 보연은 아냐, 전혀, 하고 손사래를 쳤다. 예의상 하는 말이 아니었다. 별장의 크기만 놓고 보면 보연이 살고 있는 집과 비슷했는데, 신축 건물의 세련됨과 깔끔함이 내부를 훨씬 넓고 환해 보이게 했다.

"우린 밖에서 텐트 치고 잘 거니까, 너랑 하준이가 안에서 자."

"아냐. 우리가 텐트에서 잘게."

무임승차하듯 몸만 덜렁 따라온 것도 미안했는데 방까지 자신이 차지할 수는 없다고 보연은 생각했다. 그러자 동민은 보연이 들고 있던 배낭을 빼앗다시피 가져가 방에 갖다놓으며 말했다.

"손님이시잖아요. 방에서 편하게 지내세요. 저희는 텐트에서 하루 자면서 리아한테 불편하고 힘든 경험도 좀 시켜보려고요."

그 말에 보연은 못 이긴 척 고개를 끄덕였다. 불편하고 힘든 경험이라면 우리 하준인 평소에도 충분히 하고 있으니까, 라고 생각하면서.

그녀가 살고 있는 집은 열여덟 평짜리 빌라의 오층이었다. 엘리베이터가 없기 때문에 외출을 했다가 집에 돌아오면 하준은 늘 숨을 몰아쉬었다. 형편에 맞는 전셋집을 구한 것만으로도 감지덕지해야 했지만, 무거운 책가방을 메고 오층 계단을 오르내리는 아이를 생각하면 항상 마음 한구석이 아파왔다. 좁은 화장실에 쪼그려 앉아 어설프게 몸을 씻는 아이를 볼 때에도 그랬고, 외풍 차단이 잘되지 않아 겨울마다 자주 앓는 아이를 간호할 때에도 마찬가지였다.

"고마워. 덕분에 우리 하준이도 좋은 경험 하네."

보연은 잔디밭에서 리아와 잡기 놀이를 하고 있는 하준을 보며 수진에게 말했다.

"같이 와줘서 내가 고맙지. 리아도 친구 있으니까 좋아하고…… 너희 남편도 같이 왔으면 더 좋았을 텐데."

보연은 그 말에 그러게, 하고 말을 흐렸다. 보연이 일을 쉬게 되었다는 사실을 알고 수진은 부모님 소유의 별장으로 함께 놀러 가자며 그들을 초대했다. 주말은 차가 많이 막히니 학교에 체험학습 신청을 하고 평일에 다녀오자는 말을 덧붙였다. 그 이야기를 함께 들은 하준은 좋아서 팔짝팔짝 뛰었다. 엄마, 가는 거지? 꼭 가는 거다! 휴가도 가지 못하고 집에서 지루하게 여름방학을 보내버렸기 때문에, 늦은 휴가를 상상하는 아이의 눈은 잔뜩 부푼 기대감과 흥분으로 반짝거렸다. 보연으로서도 그 제안을 거절할 이유가 없었다. 아이에게는 여기저기 퍼져 있는 바이러스 때문에 휴가를 못 가는 거라고 핑계를 댔지만, 실은 여름휴가 따위를 계획할 수 있는 상황이 아니었다. 수입이 줄어 매달 대출 이자를 내는 것마저도 전전긍긍하게 되자 정광은 예민해지고 짜증이 많아졌다. 그런 정광에게 차마 놀러 가자는 이야기를 꺼낼 수는 없었다. 팬데믹 상황이라 해도 여름 성수기의 숙소는 여전히 비쌌고, 오며 가며 길에 뿌리는 돈도 만만치 않을 것이었다. 결국 한 달 반의 긴 여름방학 동안 하준은 마스크를 쓰고 땀을 뻘뻘 흘리며 학원에 다녀온 후 유튜브와 게임에만 빠져 지냈다. 이래도 되는 걸까. 보연은 스마트폰으로 들어가버릴 것 같은 아이를 보며 자주 한숨을 쉬었다.

수진의 제안에 대해 정광에게 이야기했을 때 그의 반응은 썩 좋지 않았다. 가더라도 주말에 가면 될 걸 굳이 평일에 학교 수업까지 빼먹으며 갈 이유가 뭐냐는 것이었다. 그리고 방역 상황이 아직 좋아진 것도 아닌데 다른 가족하고 1박 2일로 놀러 간다는 것도 마음에 들지 않는다고 했다. 다들 잘만 다녀. 보연은 그렇게 한마디를 했을 뿐이었다. 프라이빗한 고급 풀빌라에서 마스크 없이 아이들을 놀게 하고, 한적하고 경치가 좋은 캠핑장에서 불을 피우고 고기를 굽는 이들의 사진을 그녀는 SNS를 통해 실컷 보았다. 하지만 그런 이들의 삶에 대해 정광에게 이야기하지는 않았다. 그도 분명 알고 있을 것이었기 때문에, 그리고 그렇게 살지 못하는 것이 그들 자신의 잘못은 아니라고 생각했기 때문에. 하지만 다들 잘만 다닌다는 그 말 한마디에 정광은 기분이 단단히 상해 말문을 닫았다. 며칠 동안 그들을 둘러싸고 있던 냉랭한 공기는 여행 당일 아침에 정광이 보연에게 비상금을 건네면서 잘 다녀오라고 말한 것으로 겨우 풀어졌다.

동민은 텐트를 치겠다며 밖으로 나갔고 수진은 준비해 온 식재료들을 아이스박스에서 꺼내 냉장고에 넣기 시작했다. 보연은 채소와 과일을 싱크대로 가져가 물에 씻었다.

"우리 다시 만난 게 이 년 넘었지?"

"벌써 그렇게 됐나?"

"응, 애들 학교 들어가기 전이었으니까."

"참 세월 빠르다."

"인연이란 게 정말 있긴 있나 봐. 다시 생각해도 너무 좋다, 보연아."

둘은 고등학교 동창이었다. 삼 년 내내 같은 반이었기 때문에 자연스럽게 친해지긴 했으나 마음을 터놓을 정도의 사이는 아니었다. 보연이 기억하는 수진은 항상 밝고 여유로웠다. 여러 친구들과 잘 어울렸고 잘 웃었고 누구에게나 친절했다. 저런 건 타고나는 걸까. 보연은 자신이 가지지 못한 수진의 그런 면을 조금 부러워하기도 했다. 보연은 언제나 궁핍하고 바쁘고 피곤했으며, 그런 가난과 피로에서 벗어나려면 자신을 더욱 몰아쳐야만 했으므로, 자신에게 없는 여유를 가진 수진을 보면 어쩐지 다른 세계에 있는 사람처럼 느껴졌다.

대학 진학 후 학업과 아르바이트를 병행하느라 훨씬 더 궁핍하고 바쁘고 피곤해진 보연은 곧 수진을 잊었다. 대학을 졸업한 후 들어간 직장의 월급은 변변찮았고, 학자금 대출을 갚고 생활비를 충당하는 것만으로도 빠듯했다. 그러다 정광을 만났고 어쩌다 보니 아이가 먼저 생겼기 때문에 간소하게 식을 올리고 출산을 했다. 친정이나 시댁에 아이를 맡길 형편이 아니었고 베이비시터를 쓰기에는 자신의 월급이 너무 적었으므로 일을 그만두고 육아에 올인할 수밖에 없었다. 아이가 어느 정도 크고 나서는 다시 일을 해야겠다고 마음먹었지만, 경력이 단절된 데다 아이까지 딸린 여자를 고용하려는 직장은 찾기 어려웠다. 그래서 보연은 하준이 유치원에 가 있는 낮 시간을 이용해 식당 서빙 아르바이트를 하러 다니기 시작했다. 조금이라도 더 좋은 대학에 가기 위해 고등학교 삼 년 내내 애를 쓰고, 그렇게 들어간 대학에서 치열하게 공부한 것들은 아무 쓸모가 없었다. 그녀에게 필요한 것은 재빠른 손과 발, 손님을 향한 영업용 미소가 전부였다. 어느 주말 점심, 그런 미소를 지으며 3번 룸에 디저트를 들고 들어갔을 때 손님 중 하나가 그녀의 얼굴을 빤히 쳐다보다가 말했다. 저기, 혹시…… 보연이? 한보연 맞지?

처음에 그녀는 상대방이 누군지 전혀 모르겠어서 당황했고, 잠시 후 수진이라는 것을 알고 나서는 하필 그런 식으로 고교 동창을 마주쳤다는 사실이 속상했다. 그런 보연과는 달리 수진은 처음부터 끝까지 마냥 반가워하고 기뻐했다. 서로 연락처를 교환한 후 보연은 화장실로 가서 자신의 모습을 거울에 비춰보았다. 염색 시기를 지나버려 군데군데 하얗게 올라와 있는 새치들, 싸구려 립스틱을 발라 피부 톤과 어울리지 않게 붕 떠 있는 입술 색깔, 자신을 더 나이 들어 보이게 하는 촌스러운 유니폼. 아니, 그런 것을 다 떠나 겨우 최저시급을 받으며 음식을 나르는 식당 종업원의 모습으로 옛 친구와 조우했다는 사실에 그녀는 울고 싶어졌다. 그런 그녀의 마음과는 상관없이, 수진은 아름다웠고 우아했고 여전히 여유로워 보였다.

연락처를 주고받았지만 보연은 굳이 인연을 이어나갈 생각이 없었다. 고교 시절의 추억을 나누기엔 너무 많은 시간이 흘렀고, 현재의 생활을 공유하기엔 서로의 처지가 눈에 띄게 달라 보였다. 연락하며 지내자는 수진의 말도 그냥 인사치레였을 거라고 생각했다. 그런데 수진에게서 정말로 연락이 왔다. 수진의 적극적이고 다정한 메시지에 보연은 답을 하지 않을 수 없었다. 둘의 문자 채팅 횟수는 점점 잦아졌고, 보연이 아르바이트를 쉬는 날에는 만나서 식사를 하거나 커피를 마시는 일도 생겼다. 나중에는 아이를 데리고 함께 키즈카페에 가거나 수진의 집에서 시간을 보내기도 했다. 그렇게 가까워지는 동안 수진은 보연의 집안 사정을 캐묻거나 너희 집에도 초대해달라는 식의 부담을 주지 않았다. 아마 음식점에서 마주친 순간 어느 정도 짐작을 해서였겠지만, 수진의 그런 배려 있는 태도가 보연의 마음을 조금씩 허물어지게 했다.

"나, 고등학교 때 너랑 진짜 친해지고 싶었는데."

수진이 냉장고 문을 닫으며 말했다.

"그 정도면 친한 편 아니었나?"

"아니, 그냥 친한 편 말고, 서로 속마음도 이야기하고……
단짝처럼 지내고 싶었거든. 몰랐지?"

보연은 고개를 갸웃했다. 수진의 곁에는 언제나 친구들이 많았다. 수진은 누구나 좋아할 만한 아이였기 때문에 그런 마음을 갖자면 수진보다는 보연 쪽이어야 더 합당할 것 같았다.

"근데 너를 보면 항상 뭔가를 열심히 하고 있어서 말을 많이 못 걸겠더라."

보연은 고교 시절 자신의 모습을 떠올렸다. 언제나 빡빡하게 계획을 세우고, 책상에 머리를 처박은 채 문제를 풀고, 쉬는 시간이면 놓친 필기를 보충하고, 점심을 먹고 나면 꾸벅꾸벅 졸면서도 손에서 단어장을 놓지 않았다. 그렇게 열심히 했는데, 공부도 직장 생활도 죽어라 하고 열심히 했는데, 지금 자신이 서 있는 곳을 내려다보면 결국 그 긴 시간 동안 제자리에서만 숨차게 뛰고 있었던 것 같았다.

"대단하다고 생각했어. 나는 뭔가를 그렇게 치열하게 해본 적이 없어서."

보연은 다 씻은 과일의 물기를 털어 쟁반에 놓으며 쓴웃음을 지었다. 나는 그런 네가 부러워. 그 무엇도 치열하게 하지 않는 네가. 나처럼 죽어라 하고 열심히 살지 않아도 되는 네가. 그런 너의 삶이 너무 아름답고 지루하고 황홀하고 까마득하게 멀어서 가끔 화가 치밀어. 보연은 수진에게 과일이 담긴 쟁반을 내밀었다. 수진은 행복하고 천진해 보이는 미소를 지으며 보연에게 말했다.

"어쨌든, 지금이라도 너랑 이렇게 친해져서 너무 좋아."

뒷산의 능선 너머로 해가 지기 시작하자 수진과 동민은 바비큐 그릴에 숯불을 피우고 저녁 식사 준비를 시작했다. 야외에서의 식사 준비가 번거로울 법도 한데 한두 번 해본 일이 아닌 듯 손놀림이 능숙했다.

"리아, 하준이, 이제 손 씻고 와. 밥 먹자."

수진이 소리쳐 부르자 아이들은 가지고 놀던 고무공을 던져놓고 손을 씻은 후 달려왔다. 보연은 땀으로 젖은 하준의 앞머리를 쓸어 올려주었다.

"하준아, 좋아?"

"응, 마스크 안 쓰고 노니까 너무 편하고 좋아. 여기 또 오고 싶다."

하준의 말에 보연이 뭐라고 반응해야 할지 망설이고 있는데 수진이 활짝 웃으며 말했다.

"하준이가 좋아해서 다행이네. 다음에 또 와. 언제든지 와도 돼."

"정말요?"

"그럼."

보연은 기뻐하는 하준의 얼굴 뒤로 붉게 물드는 노을을 바라보았다. 가슴이 벅차게 아름다웠다. 매일 뜨고 지는 태양의 자취가 이토록 아름다운 줄 몰랐다. 나무와 풀이 내뿜는 신선한 공기가 있고 명랑하게 지저귀는 새들의 노랫소리가 있는 곳, 아이들이 마스크를 벗고 마음껏 뛰놀 수 있는 독립되고 안전한 공간, 이런 곳에서 빨갛게 타오르는 숯불에 고기를 구워 먹고 비말이 튀는 것도 개의치 않은 채 하하호호 떠들고 놀다가 적당히 술에 취해 모처럼 깊은 잠을 잘 것이다. 깨고 싶지 않은 깊은 잠을.

"수진아, 우리 사진 찍자."

"아, 맞다. 사진! 남는 건 사진이지. 자기가 좀 찍어줘."

동민은 집게와 가위를 내려놓고 보연에게서 스마트폰을 건네받았다. 보연과 수진은 고기를 먹느라 정신없는 아이들 곁에서 포즈를 취했다. 동민이 찍어준 사진 속에는 노을이 지고 있는 마을 뒷산과 동화 속에서 튀어나온 것 같은 하얀 별장, 그리고 어느 누구의 감성이라도 충만하게 해줄 것만 같은 캠핑용 그릴이 조화롭게 자리 잡고 있었다. 그리고 그 배경의 가운데에는 아이들의 어깨에 손을 얹은 수진과 보연이 활짝 웃고 있었다.

"사진 나한테도 보내줘. 지금 프사 바꿔야겠다."

보연은 수진에게 사진을 전송하고 SNS 프로필의 설정 화면에 들어갔다. 보연의 프로필 사진은 일 년 전의 여름에 머물러 있었다. 그녀는 그 오래된 사진을 망설임 없이 교체했다. 수진과 보연은 서로 같아진 프로필 사진을 보며 웃었다.

"단짝 친구랑 똑같은 반지 끼고 똑같은 신발 신고, 그런 애들 같다, 우리."

수진의 말에 보연도 마치 학창 시절로 돌아간 것 같은 기분이 들었다. 동민이 고기를 뒤집으며 보연에게 말을 건넸다.

"하준이 아빠는 많이 바쁜가 봐요. 같이 오셨으면 좋았을 텐데."

"갑자기 쉬기가 좀 어려워서요. 동민 씨는 이틀 휴가 내신 거예요?"

"아니야. 리아 아빠 지금 주 2회 재택근무잖아. 그래서 아까 잠깐 차에서 노트북 가지고 일한 거야."

"아……"

"지금 상황이 다들 힘들다고 하지만 좋게 생각하면 또 좋은 점도 많아요. 재택근무도 그렇고 쓸데없는 회식 줄어든 것도 그렇고요. 재난지원금 받은 걸로 리아 엄마 목걸이도 하나 해주고."

동민이 만족스러운 표정을 지으며 수진의 목을 눈짓으로 가리켰다. 수진의 하얗고 긴 목에서 심플하고 세련된 디자인의 금빛 목걸이가 반짝이고 있었다. 보연은 목걸이를 보며 생활비로 모두 써버린 재난지원금에 대해 생각했다. 그녀는 그 돈으로 밀린 학원비를 냈고, 쌀과 고기를 샀고, 각종 생필품을 샀다. 줄어든 수입 때문에 매달 생활비가 부족해 발을 동동거리던 그녀는 정부에서 지원받은 그 돈에 감사했다. 꼭 필요한 곳에 유용하게 썼고 가계에 꽤 도움이 되었지만 지금 생각해보니 파도가 쓸고 간 발자국처럼 흔적 없이 허무하게 사라진 것만 같았다. 수진에게는 눈부시게 빛나는 목걸이가 남았지만 그녀에게는 아무것도 남지 않은 것이다.

어느새 하늘은 짙은 보랏빛으로 바뀌어 있었다. 식사를 마친 아이들은 수진이 챙겨온 어린이용 야광 배드민턴을 가지고 놀기 시작했다. 커다란 채의 테두리에서 여러 가지 색깔의 화려한 불빛이 반짝거렸다. 초록색으로 빛나는 셔틀콕이 공중으로 붕 떴다가 떨어지길 반복했고 아이들은 뭐가 그렇게 재미있는지 연신 꺄르르거렸다. 보연은 그런 아이들의 모습을 가만히 바라보았다. 어지러울 정도로 현란하게 반짝이는 배드민턴 채의 LED 불빛은, 언제나 잃지 않았던 현실감을 약간 떨어지게 했다. 보연은 그 순간 자신의 삶이 조금 달라진 것 같은 느낌을 받았다. 착각인지 취기인지는 몰라도 어쩐지 수진이 살고 있는 세계의 일부에 자신도 발을 디딘 것만 같은 기분이 들었다.

　"참, 보연아, 다음 달 공연 티켓이 생겼는데 시간 되면 애들 데리고 같이 가자."

　"고맙긴 한데, 우리 하준이가 지난번에 너무 민폐였잖아. 이번엔 너희 가족끼리 가."

　"민폐는 무슨…… 애들이 처음엔 다 그렇지. 하준이도 몇 번 가보면 자연스럽게 관람 예절 배우고 즐기게 될 거야."

　보연은 그때의 일이 떠올라 다시금 얼굴이 화끈거렸다. 지난봄, 수진은 클래식 공연 티켓이 네 장 생겼다며 보연과 하준을 초대했다. 어린이 뮤지컬도 아니고 클래식 공연이라니,

하준이가 잘 볼 수 있을까. 보연이 걱정하자 수진은 웃으며 자신 있게 말했다. 애들, 생각보다 잘 봐. 우리 리아도 작년에 몇 번 데려갔더니 자연스럽게 클래식하고 친해지는 것 같더라고. 수진의 그 말에 보연은 조금 기대감을 갖고 초대에 응했다. 하지만 얌전히 앉아 있던 리아와는 달리 하준은 공연 시작부터 부산스럽게 굴고 자꾸 입을 열었다. 아이에게 조용히 앉아 있으라는 언질을 여러 번 주었지만 그때뿐이었다. 주위 관객들의 눈총이 따가워서 가시방석에 앉은 듯 불편했다. 공연 후반부가 되자 하준은 좌석의 팔걸이에 머리를 대고 아예 잠들어버렸다. 그래, 차라리 자라. 끝날 때까지 깨지 말고 푹 자. 보연은 여전히 부끄럽고 민망했지만 더 이상 아이를 조용히 시키지 않아도 된다는 사실에 안도했다. 그녀는 잠들어 있는 자신의 아이와, 적절한 타이밍에 우아하게 박수를 치는 수진의 아이를 번갈아 보며 생각했다. 이미 우린 따라갈 수 없는 거리에 있구나. 아무리 뛰어도 도저히 닿을 수 없는 거리. 세상에 태어날 때부터, 아니, 어쩌면 태어나기도 훨씬 전부터.

"부담 갖지 말고 같이 가세요. 리아 엄마한테는 보연 씨가 1순위예요, 1순위."

동민이 그렇게 말하며 건배를 청했다. 보연은 살짝 달아오른 볼에 한쪽 손을 갖다 대고 다른 한 손으로 캔맥주를 들었다. 술은 한 모금 정도밖에 남아 있지 않았다. 보연은 남은 술을 비우고 캔을 찌그러뜨린 채 바닥에 내려놓았다.

"보연 씨 술이 없네."

"이게 마지막이었는데. 너무 적게 사 왔나? 밑에 내려가서 좀 더 사 올까?"

"괜찮아, 수진아. 많이 마셨어."

"보연 씨, 모처럼 같이 놀러 왔는데 딱 두 캔씩만 더, 어때요?"

"그래, 보연아. 우리 가족끼리 오면 같이 마실 사람 없어서 술맛 안 난다고 리아 아빠 항상 투덜거렸거든. 어차피 물도 좀 더 사 와야 할 것 같고…… 내가 금방 갔다 올게."

동민은 자리에서 일어나는 수진에게 엄지손가락을 치켜세우며 차 키를 건넸다. 둘만 남겨진 것이 조금 어색해서 보연은 아이들에게로 시선을 돌렸다. 아이들은 배드민턴 채를 내려놓고 야광 셔틀콕을 손으로 던지며 놀고 있었다.

"보연 씨, 글을 그렇게 잘 쓴다면서요."

침묵을 깨는 동민의 말에 보연은 아뇨, 아뇨, 하고 황급하게 손을 내저었다.

"리아 엄마가 그러던데요. 보연 씨가 학교 다닐 때 글도 잘 쓰고 공부도 잘했다고. 진짜 열심히 살고 여러모로 배울 점이 많은 친구라고 얼마나 자랑하던지."

보연은 당장 자리에서 일어나고 싶어졌다. 분명 칭찬이고 기분 좋으라고 하는 말인데, 가슴 한쪽이 불에 덴 듯 화끈거리고 아파왔다. 동민이 하는 이야기는 틀린 말이 아니었다. 고등학교 때 보연은 글을 잘 썼고 여러 번 상도 받았고 공부도 꽤 잘하는 성실한 학생이었다. 그때도 열심히 살았고 지금도 마찬가지였다. 하지만 그게 뭐? 보연은 붉게 달아올랐을 얼굴색을 조금이나마 감추려고 고개를 숙였다.

"보연 씨 다시 만나게 된 거, 다 내 덕분인 줄 알라고 리아 엄마한테 가끔 얘기해요. 그때 보연 씨가 일하던 그 한정식 집, 가족 모임 장소로 제가 정했거든요. 거기서 그렇게 만나게 될 줄 어떻게 알았겠어요."

몰랐지. 몰랐으니까 3번 룸에 디저트를 들고 들어갔고, 수진을 만났고, 지금 이 별장에 온 거지. 아마도 평생 내 것이 될 수 없을 삶의 장면 속에 단 하룻밤 이렇게 머문 것이, 행복하고 슬프고 억울해서 오래도록 가슴을 치겠지. 보연은 바닥에 찌그러져 있는 맥주 캔을 다시 한번 발로 밟았다. 자꾸만 목이 탔다.

보연이 눈을 떴을 때 하준은 옆에 없었다. 창문 커튼을 젖히자 눈부신 아침 햇살이 쏟아져 들어왔고 잔디밭에서 공놀이를 하고 있는 아이들의 모습이 보였다. 어젯밤의 술자리 흔적은 말끔하게 치워져 있었고, 수진은 아침 식사 준비를 하는 듯 분주했다. 보연이 밖으로 나가자 수진은 그녀를 보며 말갛게 웃었다.

"일어났어? 안 그래도 밥 거의 다 돼서 깨우려고 했는데."

"미안해. 너 혼자 고생했네."

"고생은, 무슨. 놀러 오면 이런 게 다 재미지."

곧 동민이 텐트에서 나왔고, 수진은 아이들을 불렀다. 보연은 숙취 때문에 별로 먹고 싶지 않았지만 수진이 정성껏 차린 아침 식사를 거절할 수는 없었기 때문에 두통과 속쓰림을 애써 감추며 그릇을 비웠다. 식사를 끝낸 후 보연이 설거지를 했고 그동안 수진은 커피를 내렸다.

"엄마, 우리 보드게임 할래."

세 사람이 커피를 마시기 위해 테이블 앞에 다시 모였을 때 리아가 말했다.

"그래, 방에 들어가서 해. 목마르면 냉장고에서 주스 꺼내 마시고."

수진이 차로 가서 보드게임 두 종류를 꺼내주었다. 아이들은 건네받은 상자를 각각 하나씩 들고 별장 안으로 뛰어 들어갔다. 동민은 블루투스 스피커를 테이블 위에 올리고 음악을 틀었다. 이런 아침, 이런 공간에 정확히 어울릴 만한 피아노 연주였다. 보연은 머그잔을 들었다. 속이 여전히 쓰렸지만 그래도 카페인은 필요했기 때문에, 커다란 머그잔에 가득 담긴 커피를 남김없이 마실 작정이었다.

"이건 산미가 강하네. 어디 원두야? 에티오피아?"

동민이 커피를 한 모금 마시더니 수진에게 물었다.

"코스타리카."

"괜찮네. 보연 씨는 어떤 커피 좋아해요? 우린 산미 있는
걸 좋아해서."

보연은 동민의 물음에 잠시 머뭇거렸다. 그녀는 커피에 대
해서 잘 알지 못했다. 취향은 쉽게 생기는 것이 아니었다. 좋
은 것을 충분히 접해보고, 같아 보이지만 아주 조금씩 다른
미세한 차이를 알아챌 수 있을 정도가 되어야만 자신이 무엇
을 선호하는지 말할 수 있었다. 보연에게 커피는 그저 피로감
을 눌러주는 카페인 음료에 불과했고, 군이 종류를 나누자면
커피숍에서 파는 비싼 원두커피와 집에서 마시는 싸구려 인
스턴트커피로 구분할 수 있을 뿐이었다.

"저도요."

보연은 그렇게 대답하고는 뭔가 더 물어볼까 봐 신경이 쓰
여서 시선을 돌렸다. 그때 텐트 앞쪽에서 뭔가 폴짝 뛰어오르
는 것이 보였다.

"개구리네."

보연의 말에 수진과 동민이 일제히 그쪽을 바라보았다. 개
구리가 다시 한번 공중으로 튀자 동민은 테이블 위에 있던 플
라스틱 통을 집어 들고 잽싸게 텐트 앞으로 가서 녀석을 통
안에 가두었다. 동민이 플라스틱 통을 테이블 위에 올려놓았
고 수진은 얼굴을 찡그렸다.

"풀어줘. 징그러워."

"애들 데리고 나와서 한번 보여주려고. 도시에선 못 보잖아."

동민이 아이들을 부르기 위해 별장 쪽으로 걸어갔다. 뚜껑을 살짝 덮어놓은 투명 플라스틱 통 안에서 개구리는 몇 번 뛰어보더니 이내 포기한 듯 움직임을 멈추었다.

내 잘못인가. 모두 다 나의 잘못이고, 그런 나의 아이로 태어난 하준이의 잘못인가. 그들에게는 잘못이 하나도 없나. 언제나 당당하고 자신 있고 스스로에게 의심이 없는 삶이란 그런 건가. 보연은 덜컹거리는 버스 안에서 생각했다. 그녀의 어깨에 기대 잠든 하준은 가슴속에 울음기가 남았는지 한번씩 몸을 들썩였다. 마스크로 가려진 뺨의 가장자리는 여전히 붉게 부어올라 있었다.

별장 안으로 들어갔던 동민이 아이들을 데리고 나오는 순간 보연은 뭔가 문제가 생겼다는 것을 알았다. 굳은 표정의 동민, 그의 손에 이끌려 나오는 리아, 그리고 그 뒤에 몇 발짝 떨어진 채로 얼굴을 감싸 쥐고 울면서 걸어 나오는 하준의 모습을 보고 수진과 보연은 동시에 자리에서 일어났다. 수진이 놀란 목소리로 무슨 일이냐고 물었고, 하준은 보연의 등 뒤로 와서 몸을 숨긴 채 훌쩍였다. 동민이 분노와 경멸이 가득 찬 눈으로 하준을 쳐다보며 입을 열었다. 사실대로 말해! 너, 리아 팬티 속에 손 넣었어, 안 넣었어! 하준은 한 손으로 보연의 옷자락을 잡은 채 고개를 흔들었다. 아이가 느끼고 있는 두려움이 보연에게 고스란히 전해졌다.

동민이 방문을 열었을 때 아이들은 서로 마주 보고 누워 있었다고 했다. 하준의 손이 리아의 치마 속에 있었다고, 어떻게 이럴 수가 있냐고, 내가 안 들어가봤으면 어쩔 뻔했냐고, 동민은 격앙된 목소리로 외쳤다. 보연은 정말 미안하다고, 아이를 단단히 혼내겠다고, 더듬거리듯 말하며 고개를 숙였다. 그들 사이에는 침묵이 흘렀고 잠시 후 수진이 바람 좀 쐬고 오라며 동민의 등을 떠밀었다. 동민이 내키지 않는 표정으로 리아와 함께 자리를 뜨자 수진이 나지막한 음성으로 차분하게 말했다. 터미널까지 태워줄게. 짐 챙겨.

시외터미널까지 가는 이십여 분 동안 수진은 아무 말도 하지 않았다. 어색한 침묵이 감도는 차 안의 공기가 보연은 갑갑하고 불편했지만 어쩐지 눈치가 보여 창문조차 열지 못했다. 마침내 시외터미널이 멀리서 보이기 시작할 때 그녀는 마스크를 꺼내며 조심스럽게 말했다. 수진아, 미안해. 내가 나중에 연락할게. 그러자 수진은 낮은 한숨을 내쉬고 천천히 입을 열었다. 아냐, 연락하지 말자. 그러는 게 서로에게 좋을 것 같아.

터미널의 낡고 빛바랜 플라스틱 의자에 앉아 버스를 기다리면서 보연은 하준의 손을 잡고 말했다. 하준아, 왜 그랬어. 친구 몸에 함부로 손대면 안 된다고 엄마가 그랬잖아. 그러자 하준은 눈물이 그렁그렁해진 채로 대답했다. 리아가 그렇게

하라고 시켰어. 나는 혼날까 봐 싫다고 했는데, 그러면 다음
엔 별장에 초대 안 할 거라고 그랬단 말이야. 그렇게 말하면
서 다시 울음이 터져버린 아이를 보며 그녀는 목울대가 뜨거
워졌다. 슬픔과 괴로움이 숙취와 뒤섞여 속이 울렁거렸고 머
리가 무거웠다.

　집 앞에 도착했을 때 보연은 빌라 출입구 안쪽에 놓여 있는
생수 열두 통을 보았다. 택배 송장에는 자신의 집 호수와 정
광의 이름이 적혀 있었다. 엘리베이터가 없으니 너무 무거운
물건은 가급적 배달 주문을 자제해달라는 택배 기사의 부탁
을 받은 후, 그들은 생수를 시킬 때마다 일층 출입구에 두고
가라는 메모를 남겼었다. 보연은 정광에게 전화를 걸었다. 전
화벨이 한참 울린 후에야 통화가 연결되었다.

　"나 지금 집에 도착했는데…… 일층에 생수 와 있네. 여섯
통짜리, 두 팩."

　"한 팩은 들고 올라가. 집에 생수 다 떨어졌어."

　"알았어."

　"잘 놀고 왔어?"

　"응, 근데…… 가지 말 걸 그랬나 봐."

　"왜? 무슨 일 있었어?"

　"아니, 그냥…… 자기 말대로, 학교 빼먹으면서까지 갈 필
요가 있었나 싶어서. 아직 상황도 안 좋은데."

　"잘 놀았으면 됐지, 뭘. 여름휴가도 못 데려갔는데…… 들

어가서 쉬고 있어."

전화를 끊은 보연은 하준을 먼저 올려보낸 후 생수 한 팩을 들었다. 등에 짊어진 배낭과 두 팔로 안은 생수 12리터의 무게가 그녀를 자꾸 아래로 아래로 끌어내리는 것만 같았다. 하나, 둘, 셋, 넷⋯⋯ 그녀는 마음속으로 계단의 수를 세며 힘겹게 발걸음을 뗐다. 겨우 반을 올라왔을 뿐인데 마스크 안이 땀과 습기로 가득 채워졌다. 보연은 생수를 잠시 바닥에 내려놓고 남은 계단을 올려다보았다. 조금만 더 올라가면 되는데. 그녀는 가쁜 숨을 몰아쉬며 난간에 팔을 얹었다. 숙취 때문인지 마스크 때문인지 아니면 무거운 짐 때문인지 갑자기 어지러워지면서 눈앞이 노랗게 핑 돌았다. 그 노란 동그라미 속에서 그녀는 쳇바퀴를 도는 것처럼 제자리에서 뛰고 있는 자신의 모습을 보았다. 아주 오랜 시간 반복된, 쉽사리 끝나지 않을 분투였다.

개미

며칠 전부터 해준은 몸을 긁어대기 시작했다. 아이의 아토피가 다시 도졌다는 생각에 유선은 자신도 모르게 한숨을 내쉬었다. 젖먹이 때부터 해준은 이유 모를 가려움증으로 몸을 자주 긁었고 피부는 늘 붉게 달아올라 있거나 작은 상처들로 가득했다. 돌잔치 때에도 입 주위를 자꾸 긁어 결국 피까지 나는 걸 보고 시고모는 유선에게 툭 던지듯 말했다.

애 얼굴이 왜 이러니. 우리 윤씨 집안이 피부는 전부 타고났는데.

그 순간 유선은 돌잔치고 뭐고 그냥 다 끝장내버리고 싶었다. 대체 무슨 말을 하고 싶은 거야? 다 내 탓이라는 거지? 그러나 짧은 순간의 그런 불쾌한 감정들을 잘 참는 것은 유선의 장점이었다. 그녀는 그러한 자신의 태도가 비굴한 것이라고 생각하지 않았다. 사소한 불쾌감을 어른스럽게 참고 없었던 일처럼 흘려보낼 때 비로소 유지되는 것들이 삶에는 분명 있었고, 유선은 그 사실을 본능적으로 잘 알았다. 그녀는 돌잔치가 끝날 때까지 미소를 잃지 않은 채 손님들을 응대하고 사진을 찍었으며 축하금을 받고 답례품을 건넸다. 집으로 돌아오는 차 안에서 그녀는 남편의 말에 시큰둥하게 대답하고 토라진 티를 좀 내었지만, 그는 유선이 아침부터 돌잔치 준비를 하느라 피곤한 모양이라고 여기며 더 이상 말을 붙이지 않았다. 남편은 작은 차이에 대해 무신경한 사람이었다. 유선은 때로 그것이 서운하기도 했지만 그 마음을 한 번도 입 밖으로 낸 적은 없었다.

아이의 아토피에 대해 입을 대는 사람은 시고모 한 사람뿐만이 아니었다. 시가 식구들이야 그렇다 치더라도 아파트 엘리베이터나 마트에서 마주치는 이웃들의 염려와 조언은 마치 휴대폰 할인판매장에서 울려 퍼지는 후크송처럼 지겹게 반복되어 매번 그녀를 피로하게 만들었다. 아유, 애기가 아토피가 심하네. (네, 알고 있어요.) 쓸데없이 병원에 돈 들이지 말고 소금물에 매일 씻겨봐요. (해봤어요.) 아냐, 내가 유튜브에서 봤는데 녹차 우린 물에 씻기는 게 좋다던데. (그것도 다 해봤고요.) 요즘은 너무 곱게 키워서들 그래. 애들이 흙에서도 뒹굴고 그래야 피부가 건강해지는 건데. (이 도심지에서 아이가 뒹굴 흙이 대체 어디 있는 거죠?) 가끔은 생전 처음 보는 사람들마저도 그런 말을 아무렇지 않게 했다. 그 말들 속에 간혹 진심 어린 걱정도 있었겠지만 설령 진심이라 할지라도 제발 그만두어주기를 유선은 바랐다. 그들이 굉장한 비법이라도 되는 양 알려주는 것은 전부 그녀가 이미 충분히 고민하고 괴로워하다가 여러 경로를 통해 찾아보고 실행해본 방법들이었다. 각종 민간요법, 유기농 식재료, 값비싼 보습제, 청결한 집안 환경과 적절한 온습도 유지, 아토피 치료를 잘한다고 입소문이 난 한의원과 피부과…… 하지만 온갖 방법을 다 써보아도 아이의 피부가 금세 좋아지지는 않았다. 그 누구보다 힘든 건 아이였다. 밤마다 몸을 긁어대느라 쉽게 잠들지 못하고, 매일 울면서 억지로 한약을 먹어야 하며, 어린이집에서 다른 친구들이 간식을 먹을 때마다 바라만 보고 있어야 하는 해준. 그리고 아이 다음으로 힘든 사람은 바로 그 모든 상황을 가장 가까이서 보고 있는 그녀 자신이었다. 그녀가 그들에게 하고 싶은 말은 딱 하나였다. 그냥 제가 알아서 할게요. 그러니까 제발 그 입들 좀 다물어달라고요, 네?

해준의 아토피는 초등학교에 입학할 무렵부터 눈에 띄게 좋아졌다. 아이가 성장하면서 자연스럽게 좋아진 것인지 유선이 여러 방면으로 노력을 기울인 결과인지는 정확히 알 수 없었으나 그녀는 인생에서 또 한 번의 성취를 얻어낸 것만 같았다. 스스로의 마음속에서 솟아난 것이 아니라 어딘가에서 찾아내고 얻어낸 것. 유선의 기분을 고양시키는 것들은 언제부턴가 그녀의 외부에 존재했고, 그녀는 그것을 꾸준히 획득해야 했다. 마치 게임 아이템을 모으듯 하나씩 하나씩, 차곡차곡 모으는 것이다. 그것을 행복이라고 할 수 있을까.

행복이지.

유선은 생각했다. 그건 행복이지. 아니, 그것이야말로 행복인 거지. 눈에 보이는 것, 명확한 것, 누구에게나 보여줄 수 있는 것, 그래서 남들의 부러움을 살 수 있는 것. 그걸 가져야 행복한 거지. 내부에서 모호하게 솟아나는 감정 같은 것들은 실체가 없는 거잖아. 그런 건 모두 금세 사라져버린다. 전부다 허상이고, 말하지 않으면 어디에도 남지 않는 거야. 유선은 그러한 현실 감각을 갖추지 못한 이들을 언제나 속으로 가엾게 여겼다. 이를테면 경주 같은 사람들을.

해준아, 자꾸 긁으면 더 가려워져. 좀 참아봐.

병원에서 대기하는 중에도 자꾸만 종아리에 손을 가져가는 아이를 보며 유선은 어쩔 수 없이 잔소리를 했다. 한동안 괜찮아서 다 나은 줄 알았었는데 왜 또 이렇게 되어버린 거지? 뒤늦게 새집증후군이 나타나는 걸까? 안 그래도 새 아파트로 입주할 때 주변 사람들은 축하를 해주면서도 그 끄트머리엔 새집증후군을 걱정하는 말들을 얹었다. 특히 해준의 아토피 전력을 알고 있는 사람들은 더 그랬다. 새집에 들어가면 없던 피부 질환이나 비염도 잘 생긴다는 것이었다. 유선은 그런 걱정 어린 말들 속에 질투와 시기도 일부 섞여 있을 거라고 확신했다. 그러면서도 그들의 조언대로 전문 업체를 불러 집 전체에 화학물질 제거제를 분사하고 베이크아웃을 하고 피톤치드 스프레이를 뿌렸다. 어려운 일은 아니었으니까. 그저 평가가 좋은 업체를 찾아보고, 약간의 비용을 지불하는 정도의 노력이면 충분했다. 유선은 그런 일에 능숙했다. 그녀는 품질이 좋은 것을 구분할 줄 아는 안목이 있었고, 투자할 만한 가치가 있는 것들에 돈을 쓸 줄 알았다.

자기는 진짜 똑똑하다니까. 내가 정말 결혼을 잘한 것 같아.

유선의 남편은 그녀에게 그렇게 말했다. 그들이 살고 있는 아파트의 매매가가 꽤 많이 올랐다는 사실을 알고 나서였다. 그들은 삼 년 전 이 아파트에 입주했다. 꽤 높은 프리미엄을 주고서라도 분양권을 사자고 한 쪽은 유선이었다. 그녀는 남편의 칭찬을 들었을 때 어깨가 좀 으쓱해지기는 했으나 한편으로는 방향을 알 수 없는 물결이 마음 한구석에서 이리저리 출렁이는 것 같았다. 조금 멀미가 날 것 같은 기분이었다. 하지만 그런 느낌에 대해 오래 생각하지는 않았다. 그건 실체가 없는 거니까. 명확하지도 않은 감정 같은 것에 얽매일 필요는 없지. 유선은 냉동실에서 별 모양의 얼음 하나를 꺼내 입에 넣었다. 혀와 입천장에 와닿는 차가운 감각은 그녀의 마음속에 맴돌던 부정확하고 모호한 감정들을 산산이 흩어버렸다.

이건 아토피가 아닙니다.

그럼……?

개미라든지…… 그런 작은 벌레에 물렸네요.

진료실에서 해준의 피부를 보여주자 의사는 대수롭지 않다는 듯 말하며 항히스타민제와 바르는 연고를 처방해주었다. 개미라니. 유선은 안도의 한숨을 내쉬었다. 며칠 동안 쉬지 않고 긁어대느라 아이의 피부는 엉망이었지만, 벌레에 물린 것이라면 그리 나쁘지 않다고 생각했다. 원인도 알 수 없고 언제 좋아질지 예측조차 할 수 없는 아토피의 재발보다야 훨씬 나은 일이었다.

유선은 그날 밤 수많은 개미 군단에게 쫓겼다. 개미들을 피해 언덕 위로 올라가고 있었는데 모래 언덕이라 자꾸만 발이 푹푹 빠졌다. 개미들은 계속해서 그녀를 향해 다가오고, 발을 내디디려 하면 할수록 더욱 모래 속으로 깊이 빠져버렸다. 어느 순간 그녀의 몸은 모래 언덕 속에 잠겨버렸다. 간신히 모래 밖으로 내밀고 있는 그녀의 얼굴은 개미들이 뒤덮어버렸다. 머리를 마구 흔들어보았지만 아무런 소용이 없었다. 그녀는 눈을 감고 입을 꾹 다물었다. 하지만 코와 귀는 자신의 의지와 상관없이 열려 있었다. 그 네 개의 구멍 속으로 개미들이 줄지어 들어오려는 순간 그녀는 모래 속에 파묻힌 몸을 격렬하게 버둥거렸다. 그리고 땀에 흠뻑 젖은 채 잠에서 깼다.

남편은 옆에서 태평하게 자고 있었다. 가볍게 코까지 골면서였다. 유선은 그 순간 남편에게 알 수 없는 적의를 느꼈다. 자신이 베고 있던 스웨덴산 거위털 베개로 그의 얼굴을 눌러 질식시켜버리고 싶었다. 그녀는 베개를 두 손으로 들었다. 그리고 남편의 얼굴을 한참 바라보다가 천천히 베개를 다시 제자리에 내려놓았다. 악몽 때문이야. 그녀는 양손의 엄지손가락으로 자신의 관자놀이를 눌렀다. 그저 꿈일 뿐이었는데, 개미들이 그녀의 얼굴을 타고 올라오던 느낌은 쉽게 사그라들지 않았다.

경주는 멀리서도 눈에 띄었다. 화려하거나 잘 치장해서가 아니었다. 오히려 그 반대라고 할 수 있었다. 모처럼 한껏 꾸미고 온 여자들 사이에서 경주는 홀로 어둡고 볼품없었다. 마치 날개를 쫙 펼친 공작새들 틈에 어정쩡하게 끼어 있는 잿빛 비둘기 같았다. 한눈에 봐도 오래되었다는 게 티가 나는 회색 재킷과 검정색 진은 아무리 유행이 돌고 돌아도 유선이라면 다시는 입지 않을 만한 스타일의 옷이었다. 앞코가 둥근 단화는 공들여 닦은 티가 났지만 뒤축은 잔뜩 닳아 있었다. 어깨 아래로 내려오는 생머리는 아래쪽에서 한 갈래로 묶었고, 늘 그렇듯이 아무것도 바르지 않은 맨얼굴이었다. 당연하게도 액세서리라고는 찾아볼 수 없었다. 오른쪽 어깨에 멘 검정색 에코백에는 자그마한 노란색 리본 배지가 달려 있었는데, 오직 그것만이 경주에게서 가장 밝게 빛나는 물건이었다.

유선의 경우 학교에 올 준비를 하는 데 평소보다 훨씬 많은 시간이 걸렸다. 고급스럽고 우아하면서도 너무 꾸민 티가 나지 않을 것. 그것이 그녀의 코디 기준이었다. 어떤 여자들은 스스로를 아직도 이십대 아가씨로 착각하는 것 같았다. 지나치게 발랄하거나 너무 튀는 디자인의 옷은 학부모 공개수업에 오는 차림으로 적절하지 않다고 그녀는 생각했다. 학교 건물 출입구의 전신 거울에 비친 자신의 모습을 슬쩍 보며 유선은 만족스러운 미소를 지었다. 가장 마음에 드는 것은 오른쪽 팔에 무심한 듯 툭 걸친 샤넬백이었다. 그것은 얼마 전 남편이 승진한 기념으로 사준 가방이었다. 정확하게는 남편이 준 돈을 가지고 그녀가 백화점 오픈런으로 대기표를 받아 어렵게 구매한 것이었다.

잘했네. 요즘은 명품백으로 재테크도 한다던데.

가방을 샀다고 했을 때 남편은 유튜브 화면에 시선을 고정한 채 그렇게 말했었다. 그는 무신경한 사람이긴 해도 돈에 관한 한 너그러웠다. 그녀의 투자나 소비에 대해 언제나 신뢰하고 지지했기 때문에 유선은 전업주부로 지내면서도 자존감을 잃지 않을 수 있었다. 유선은 자신이 평범한 중산층 정도에 불과하다는 것을 잘 알았지만 계단을 오르듯 조금씩 위로 올라갈 자신이 있었다. 그녀에게는 좋은 것을 잘 알아보는 눈이 있었고, 너무 오래 망설이지 않고 그것을 선택하는 과감함이 있었다. 그런 그녀의 장점이 빛을 발할 수 있었던 것에는 분명 남편도 한몫을 했다. 꽤 괜찮은 연봉과 성실함, 그리고 항상 그녀의 선택을 믿어주는 변함없는 태도 같은 것. 물론 그런 남자를 배우자로 선택한 것 역시 그녀의 안목이었지만, 물질적인 것들과는 달리 인간이라는 존재는 예측 불가능한 측면이 더욱 많았으므로 어떻게 보면 운이 따라주었다고도 할 수 있었다. 유선은 거울에 비친 자신의 모습을 다시 한번 바라보면서 새벽녘 불분명한 감정에 휩싸여 남편의 얼굴 위로 베개를 들어 올렸던 그 순간을 떠올렸고 조금 죄책감이 들었다. 그는 아무것도 모르는 얼굴로 자고 있었고 밤사이 그녀가 악몽에 시달렸다는 것을 전혀 알지 못했다. 그 밤 그녀의 마음을 잠시 스치고 지나갔던 모호한 적의에 대해서도 그는 몰랐다. 오직 그녀에게만 존재했던 낯선 순간, 다른 누구에게도 보여주고 싶지 않은 혼탁한 마음의 물결. 그런 것들은 영원히 입 밖으로 내지 않을 작정이었다. 언어로 내뱉어지지 않은 감정의 조각들은 얼마 지나지 않아 먼지처럼 흩어져버린다. 흩어지고, 사라진다. 삶에는 아무런 문제가 없는 것이다.

유선은 복도 끝 쪽에 서 있는 경주에게로 다가가서 반갑게 알은척을 했다. 경주 씨, 하고 이름을 부르며 손을 흔들었더니 그녀는 유선에게 고개를 깊이 숙여 목례를 했다. 알고 지낸 지 일 년이 넘었는데도 경주는 늘 그랬다. 동갑이니 서로 말을 놓자고 해도 수줍게 웃으며 편하신 대로 하세요, 전 존댓말이 편해서요, 그러고 말았다. 한쪽에서 말을 높이는데 혼자만 반말을 쓰기도 이상해서 유선도 계속 존대를 할 수밖에 없었다.

작년 봄, 학교 놀이터에서 경주에게 먼저 말을 붙인 쪽도 유선이었다. 교문 앞에서 해준을 기다리다가 시간이 지나도 나오지 않아 안쪽으로 들어가보았더니 아이는 놀이터에서 친구와 땀범벅이 된 채 뛰어놀고 있었다. 유선이 이름을 부르자 해준은 아쉬운 목소리로 조금만 더, 하고 졸라댔다. 봄 햇살이 따뜻했고 두 아이의 꺄르르 웃어대는 소리가 듣기 좋아서 유선은 고개를 끄덕이고 낡은 벤치에 앉았다. 그 옆에 유행과는 전혀 동떨어진 옷차림을 한 경주가 있었다. 유선을 본 그녀는 읽고 있던 두꺼운 책의 페이지에 가름끈을 끼운 뒤 천천히 책을 덮고 목례를 했다. 낡고 오래되고 깊고 고요한 것. 그것이 경주를 둘러싼 분위기였고 유선이 그녀에게 느꼈던 첫인상이었다.

공개수업은 언제나 그렇듯 모둠별 활동으로 진행되었다. 그렇기 때문에 조금 소란하고 부산스러웠다. 모둠에서 아이들은 각자의 역할이 있었고 모두 골고루 발표 기회를 가졌다. 교사는 아이들에게 수업의 핵심을 직접적으로 알려주지 않고 아이들이 귀납적으로 추론해내도록 이끌었다. 공개수업에서 표방하는 교실의 모습은 자유롭고 평등하며 이상적이었다. 그러나 효율적이라고 할 수는 없을 것 같았다. 이런 식으로 한 시간에 하나의 개념을 겨우 익힌다면 응용과 심화는 어림도 없지. 공교육에는 너무도 빈틈이 많고 그 빈틈을 사교육으로 꼼꼼히 채워주는 것이 부모의 책무다. 그런 생각을 하며 유선은 스마트폰 카메라 화면에 비친 해준의 얼굴을 클로즈업했다.

유선은 경주가 이끄는 길로 들어서며 주위를 두리번거렸다. 이런 곳이 있었구나. 당연하게도 그녀는 이 윗길로 와볼 일이 없었다. 경주가 살고 있는 301동은 임대아파트였고 아파트 단지 중 가장 비선호 구역이라고 할 만한 곳에 외따로 존재했다. 건물 벽면에 '고평 파라다이스'라는 글자가 없었더라면 같은 아파트 단지라고는 생각할 수조차 없을 것 같았다. 유선은 학교 앞 편의점에서 산 두루마리 휴지 한 팩을 양손으로 옮겨 들며 힘겹게 오르막길을 걸어 올라갔다. 경주가 그러지 않아도 된다고 만류했지만 집에 처음 초대받아 가는데 빈손으로 갈 수는 없다는 생각에 산 선물이었다.

공개수업을 마치고 한 무리의 여자들이 시끌벅적하게 유선에게 다가와 같이 커피를 마시러 가자고 했으나 유선은 다음에요, 하고 부드럽게 거절했다. 어디 좋은 데 가나봐, 하고 팔꿈치를 슬쩍 치는 현서 엄마의 눈길이 그녀의 샤넬백에 가닿는 것을 유선은 놓치지 않았다. 현서 엄마는 입이 부지런한 사람이었다. 커피숍에 가서는 분명 자신이 본 것에 대해 떠들어댈 것이다. 질투와 부러움이 뒤섞인 말들이 오고 가겠지.

그리고 선생에 대한 불만, 자신의 아이에 대한 은근한 자랑, 서로에 대한 입에 발린 칭찬과 그 무리에 끼지 못한 사람에 대한 뒷담화, 학원과 과외에 대한 정보들. 유선은 그 여자들 중 몇몇의 경박함과 교양 없음을 경멸하면서도 그들 무리와 적당한 친교를 유지했다. 경박한 언어 속에도 자신이 취할 유익한 정보는 늘 있었으므로, 그 정도는 참아줄 수 있었다. 유선은 그들 무리와 가볍게 인사를 나눈 후, 일찌감치 교실 밖으로 나가 있던 경주에게로 갔다. 일 년 전 처음 인사를 나누고 유선이 먼저 자신의 집으로 그들 모자를 몇 번 초대했었는데, 경주가 그녀를 초대한 건 처음 있는 일이었다.

집이 좀 좁아요.

경주는 엘리베이터에서 내리며 말했다. 그녀의 집은 아홉 가구가 길게 이어져 있는 복도의 제일 끄트머리에 자리 잡고 있었다. 경주가 그렇게 말하지 않아도 유선은 집의 크기에 대해 이미 알고 있었다. 그녀가 301동에 산다고 했을 때 열여덟 평짜리 임대아파트라는 사실을 먼저 떠올렸으니까.

경주를 따라 들어선 그녀의 집은 생각보다도 훨씬 더 좁아 보였다. 열여덟 평이 이렇게 작은 거였나? 자신이 들고 온 서른 개들이 휴지 한 팩이 지나치게 커 보여서 차라리 샴푸나 세제 같은 것을 살 걸 그랬다고 유선은 잠시 후회했다. 현관 바로 앞 일자형의 좁은 부엌을 거쳐 슬라이딩 도어를 열자 큰 방으로 보이는 공간이 있었다. 그러나 두 쪽 면을 가득 채운 책장과 나머지 한쪽 면의 2단 행거로 인해 방은 더 좁고 어두워 보였다. 게다가 책장 앞쪽으로는 나무색의 투박하고 커다란 책상이 놓여 있었는데 그 주위의 바닥에도 책들을 겹겹이 쌓아둔 상태였다. 식탁도 소파도 없었기 때문에 어디에 앉아야 할지 몰라 어정쩡하게 서 있는데 경주가 행거 아래쪽에서 접이식 테이블과 방석 두 개를 꺼내 왔다. 접이식 테이블까지 펼치자 그나마 남아 있던 공간마저 가득 차버렸다.

경주는 책상 위에 놓여 있는 오디오의 버튼을 누르고 부엌에서 다기 세트를 가져왔다. 유선은 오디오에 대해서 잘 알지 못했지만 한눈에 봐도 꽤 좋은 것처럼 보였다. 작은 집 안에 클래식 음악이 웅장하게 울려 퍼졌는데 유선은 그 순간 자신이 다른 차원의 시공간으로 들어온 것만 같은 느낌을 받았다. 찻물이 오랫동안 스민 흔적으로 더욱 고풍스럽게 보이는 다기에서 잎차의 향이 은은하게 퍼지기 시작했다. 묘하게 사치스럽다고, 유선은 생각했다. 자신의 천만 원짜리 샤넬백보다, 경주의 책장과 오디오와 다기가 오히려 더 사치스럽다고. 그것은 유선을 이상한 방식으로 자극했다. 값비싼 가방이나 세련된 목걸이, 최신형 자동차와 더 넓은 평수의 집을 볼 때와는 다른 형태의 질투심이었다. 동정과 동경이 뒤섞인, 뭐라 규정할 수 없는 낯선 감정이 그녀의 마음속에서 일렁였다.

개미에게 물린 것 같다고 해서 안심했었지만, 해준의 피부 발진은 보름이 지나도록 계속되었다. 종아리가 괜찮아지면 팔뚝을 긁는 식이었다. 원인이 되는 벌레들은 학교나 학원에 있을 것이며 일시적인 문제일 거라고 여겼기에 유선은 방심했다. 입주한 지 삼 년밖에 되지 않은 새 아파트에 개미가 있으리라고는 생각하지 못했기 때문이었다. 그러나 쓰레기를 버리러 나갔다가 만난 현서 엄마의 말에 유선은 머리가 아파왔다.

그 집엔 혹시 개미 없어요?

네?

잘 한번 살펴봐요. 요즘 우리 아파트에 난리야, 난리. 우리 현서도 몇 번 물렸다니까요.

그녀의 말에 따르면 최근 아파트 단지에 개미가 나온다는 집들이 꽤 있다고 했다. 정기적으로 전체 방역을 하지만 그걸로는 역부족이라며 개미약을 놓든 전문 업체를 부르든 해야겠다고 혀를 찼다. 그러면서 마치 중대한 비밀이라도 되는 것처럼 목소리를 낮추어 덧붙였다.

해준 엄마야 뭐, 그러지는 않겠지만, 우리 아파트에 개미 나온다는 거 어디 밖에 가서 얘기하지 마요. 집값 떨어져. 안 그래도 301동 때문에 손해 보고 있는데.

그래도 많이 올랐잖아요.

아유, 임대아파트 없었으면 더 오르고도 남았지. 여기 위치며 학군이며 인프라며 얼마나 좋아. 근데 단지 안에 임대아파트 있으면 사람들이 아무래도 꺼린다고.

그래요?

당연히 그렇지. 얼마 전에 성범죄 전과자가 301동으로 이사 왔다고 고지서 날아온 거 봤죠. 어휴, 난 그거 보고 소름이 돋아서…… 그 위쪽으로는 얼씬도 안 한다니까요. 평등이 어떻고 인도주의가 어떻고 하지만 말이 좋아서 그렇지, 막상 자기 주변에 그런 사람들 산다고 생각해봐요. 누가 좋아하겠어.

유선은 그녀의 말에 고개를 끄덕였지만 완전히 동의한 것은 아니었다. 301동에는 성범죄 전과자도 살고 있지만 경주 같은 사람도 산다. 자신도 운이 없었더라면 그런 곳에 살고 있었을지도 모른다. 게다가 좋은 집에 살고 있는 이들 중에도 악인은 존재하는 것이다. 어쩌면 더욱 악랄하고 거대한 죄를 짓는 이들이, 좋은 옷을 입고 황홀한 향기를 풍기며 엘리베이터 안에서 친절한 인사를 해올 수도 있었다. 유선은 눈에 보이는 현상 이면에 숨겨진 것들이 있다는 사실을 정확히 인지하고 있었으며, 그럼에도 불구하고 삶에서는 언제나 현상이 더욱 중요하게 여겨진다는 것 또한 잘 알았다. 그렇기 때문에 그녀는 눈에 보이는 것들을 취하기 위해 자신이 가진 능력과 운을 최대한 활용했지만, 동시에 편협한 시각과 세속적인 욕망을 아무런 가림막 없이 전시하며 얄팍한 성을 쌓아가는 이들에게 환멸을 느끼기도 했다. 한마디로 유선은 스스로를 의식 있는 중산층이라고 생각했으며 돈만 가진 멍청이들과는 다르다고 선을 그었다.

　그녀는 현서 엄마와 헤어진 후 집으로 올라가며 이전에 해준이 했던 말을 떠올렸다. 반 아이들이 주안이를 엘사라고 불러서 선생님한테 무척 혼이 났다는 이야기였다.

　근데 선생님이 왜 그렇게 화나셨는지 모르겠어. 더 심한 별명도 많은데…… 남자를 공주 캐릭터로 불러서 그런가?

　너도 혹시 그렇게 불렀니?

　아니, 나는 친구 별명 안 불러.

　착하네, 우리 해준이.

　유선은 그때 해준을 꼭 안아주며 조금 안심했다. 그 안도감은 자신의 아이가 경멸스러운 행동을 저지르지 않았다는 것과 동시에 놀림의 대상도 아니라는 데에서 비롯했다. 경주는 그 일을 알고 있을까. 알았다면 주안에게 무슨 말을 해줄 수 있었을까. 초등학교 3학년 아이들이 그런 차별적이고 비하적인 말을 스스로 찾아내지는 않았을 것이다. 부모 중 누군가가 하는 말을 듣고 따라 했겠지. 그 아이들은 부모와 똑같이, 어쩌면 그보다 더, 경박하고 교양 없는 어른으로 자라날 것이다. 타인에게 언어와 눈빛으로 상처를 입히고도 당당한 어른으로. 그것이 죄인 줄도 모르는 어른으로. 성범죄 전과자에 대해서는 알림장이라도 오지만, 그런 죄악은 고지되지도 않는다.

　유선은 엘리베이터에서 내려 현관문 비밀번호를 눌렀다.

그리고 문을 열고 현관으로 들어선 순간, 그녀는 자신의 눈앞에 펼쳐진 광경에 잠시 숨이 멎는 것 같았다. 눈곱만큼 작은 개미 수십 마리가 신발장 문틈으로 줄지어 기어 들어가고 있었던 것이다. 그녀는 얼마 전 꿈에서 보았던 개미 군단을 떠올리며 자신도 모르게 얼굴을 감쌌다.

인터넷 검색을 통해 찾아본 결과 그녀가 집에서 발견한 개미는 애집개미였다. 보통의 개미 군집은 한 군체에 여왕개미가 한 마리뿐이지만 애집개미는 여왕개미가 대량으로 존재하는 데다 결혼비행 없이 근친교배를 하기 때문에 한번 서식하기 시작하면 짧은 기간에 엄청난 수로 불어나버린다는 끔찍한 내용이 위키피디아에 적혀 있었다. 유선은 블로그 몇 개를 검색해본 후 효과가 좋다는 과립형 독먹이를 사서 집 안 곳곳에 부착했다.

다음 날이 되자 개미들이 줄지어 나타나 독먹이를 나르기 시작했다. 세상에, 대체 어디서 다 나타난 거야. 유선은 소름이 돋은 팔뚝을 두 손으로 쓸어내렸다. 특히 싱크대 문과 식탁 아래쪽에 부착해둔 통에는 끊임없이 개미들이 들락거렸다. 해준은 그 앞에 쪼그리고 앉아 신기한 듯 바라보았다.

엄마, 나 이 개미 키우면 안 돼?

이건 키울 수 없는 거야.

왜?

너무 작아서 잘 빠져나오거든. 어디 가둬놔도 금방 빠져나와서 우릴 물 거야.

해준은 조금 시무룩해졌으나 더 조르지는 않았다. 몸의 가려움으로 오래 힘들었던 기억을 아이는 잊을 수 없을 것이었다. 유선은 그런 아이의 표정이 마음에 걸려서 그날 오후 대형마트에서 장수풍뎅이 사육 세트를 사 왔다. 수컷 장수풍뎅이의 기다란 뿔은 그 나름의 위엄이 있었고 흑갈색 등딱지는 왁스라도 발라놓은 것처럼 매끈하게 빛났다. 해준은 자신이 소유하게 된 위풍당당한 곤충 한 마리에 푹 빠져들었고 애집개미 따위는 곧 잊었다.

유선은 다기 세트를 꺼내 녹차를 우리기 시작했다. 경주의 집에 다녀온 후 바로 장만한 다기와 잎차였다. 그녀는 남편 앞에 놓인 백색 찻잔에 천천히 차를 따랐다. 남편은 왼손에 든 스마트폰을 놓지 않은 채 한 손으로 잔을 들고 라면 국물을 들이켜듯 후루룩 소리를 내며 한입에 마셔버렸다.

그렇게 마시는 게 아니고.

유선은 남편의 잔을 다시 채워준 후 경주의 얼굴을 떠올리며 두 손으로 찻잔을 조심스럽게 들어 올렸다.

이렇게 향기도 맡고, 천천히, 세 모금 정도로 나눠서 마셔봐요.

감질나게 뭘. 배 속에 들어가면 다 똑같은 건데.

남편은 또다시 후루룩, 하고 한입에 차를 들이켰다. 어디선가 거대한 손이 나타나 그의 입속에 구십 도의 찻물을 콸콸 들이붓는 광경이 유선의 머릿속에 순간적으로 떠올랐다가 사라졌다. 똑같지 않은 걸 똑같다고 말하는 사람. 당신은 항상 그런 식으로 주먹을 휘두르지. 보이지 않는 구타, 누구도 알아채지 못하는 푸른 멍들, 증명할 수 없는 폭력. 나는 그런 당신을 눈물겹게 증오하고 지겹도록 사랑해. 당신에게도 그런 마음이 있을까? 베개로 내 얼굴을 눌러 숨을 멎게 하고 싶은 순간이? 유선은 뜨거운 물이 반쯤 차 있는 전기 포트를 들고 피식 웃었다. 자신의 말이 재밌어서 그녀가 웃었다고 생각한 남편은 큭큭거리며 한 팔로 유선의 허리를 감싸 안았다. 그녀는 그 순간 전기 포트의 뜨거운 물을 남편의 팔에 쏟아버릴 뻔했다. 자기도 모르게 아랫입술 안쪽을 꽉 깨물었기 때문에 입안에서 비릿하게 피 맛이 났다. 인내는 고통스럽지만 숭고했고, 언제나 자신에게 좋은 결과물을 가져다준다는 사실을 잘 알고 있었으므로 그녀는 혀끝으로 스미는 피를 달게 삼켰다.

참, 방역업체 부른다더니 그건 어떻게 됐어?

한 번으론 안 된대요. 완전히 없어질 때까지 계속해야 된대. 걱정이네, 정말.

너무 신경 쓰지 마. 그래봐야 개미잖아. 전문가한테 맡겼으니 알아서 하겠지.

유선은 방역업체에서 새로 교체해놓은 독먹이 통을 물끄러미 쳐다보았다. 남편은 대수롭지 않게 말했지만 방역업체 직원의 말을 들어보면 그렇게 간단한 일이 아닌 것 같았다. 고객님, 애집개미들은 천적이 거의 없다고 보시면 돼요. 바퀴나 거미도 이겨먹는다니까요. 어떤 개미들은 서로 다른 군체끼리 만나면 세력 다툼을 하다가 한쪽이 다 죽어버리기도 하거든요? 근데 애네들은 다른 군체를 만나면 싸우는 게 아니라 살림을 아예 합쳐버려요. 계속 거대해지는 거죠. 유니폼을 입은 방역업체 직원은 그렇게 말하면서 두 팔을 풍선 부풀리듯 한껏 벌렸다. 유선은 그가 권하는 대로 해충 방역 10회권을 결제했다. 일개미들은 새로운 독먹이를 어딘가로 열심히 날랐다. 여왕개미들은 대체 어디 숨어서 알을 까고 있는 걸까. 유선은 오직 번식의 욕망으로 가득 찬 그들의 둥지를 찾아 모조리 불을 질러버리고 싶었다. 하얀 재가 될 때까지, 활활 다 태워버리고 싶었다.

현서 엄마에게서 전화가 걸려온 것은 유선이 담임교사와의 통화를 끝내고 해준의 스마트폰을 확인하고 있을 때였다. 그녀는 문제가 된 단톡방의 메시지들을 가장 먼저 읽어보았고 혹시나 싶어 다른 단톡방도 하나하나 확인하는 중이었다.

해준 엄마도 학교에서 연락받았죠?

현서 엄마의 목소리는 무척 격앙되어 있었다. 수화기 너머에서 그녀가 쏟아내는 말들의 큰 줄기는 담임교사가 했던 이야기와 다르지 않았으나 세부적인 내용은 주관적으로 재구성

된 상태였다. 아이들이 만든 단톡방의 이름은 '고파2팸'이었고, 고평 파라다이스 2단지에 사는 아이들 일곱 명이 들어가 있었다. 그 단톡방에서 현서는 301동에 사는 주안이를 거지라고 지칭했는데 거기에 몇몇 아이들이 말을 덧붙여가며 장난을 쳤다. 그것으로 끝났다면 별문제가 되지 않았겠지만 한 아이가 그 말들을 교실에서 발설했고 주안이는 종일 책상에 엎드려 울었다고 했다.

아이들이 뭘 제대로 알고 그랬겠어요? 그냥 말장난 좀 한 거 가지고 학폭위까지 열겠다니 너무하잖아요.

어쩔 수 없죠, 뭐. 잘못은 잘못이니까. 담임선생님도 중재가 어렵다고 하고.

담임도 꽉 막혀가지고…… 대단한 일 아니면 자기 선에서 좋게 좋게 해결해야지. 이 정도 일로 학폭 다 받아주면 안 걸리는 애들이 있겠어요?

현서 엄마는 내친김에 다 풀어놓는다는 듯 담임교사에 대한 불만을 길게 늘어놓다가 다시 본론으로 돌아왔다.

학폭위 열려도 우리 애들 크게 잘못한 건 없으니까 사과 정도로 끝나겠지만, 그런 일 있고 나면 괜히 트라우마 생길 수도 있고 학교 서류에 남는 것도 찜찜하고. 그래서 말인데…… 해준 엄마가 그쪽 한번 만나볼래요?

주안 엄마를요?

왜, 전에 보니까 둘이 이야기도 좀 하고 지내는 것 같고……

자기가 말도 나긋나긋하게 잘하잖아. 애들 학폭까지는 안 가는 걸로 잘 좀 얘기해봐요. 사과를 원하는 거면 우리가 다 같이 사과도 할 수 있고, 돈을 원하면 뭐…… 그것도 우리가 어느 정도 합의해서 주고 끝내면 되는 거니까.

돈이요?

결국 그쪽에서 원하는 건 뻔하지 않겠어요? 애를 빌미 삼아서 한몫 챙겨보려는 거지. 이래서 없는 사람들이 무섭다니까.

전화를 끊고 나서 유선은 조금 억울한 마음이 들었다. 현서는 가장 큰 잘못을 저질렀고 모든 사건의 발단이기도 했다. 거기에 말을 덧붙인 아이들도, 자기들끼리의 말장난을 당사자에게 전달한 아이도 분명한 잘못이 있었다. 하지만 해준은 그저 웃었을 뿐이다. 실제로 소리 내어 웃은 것도 아니고 'ㅋㅋㅋ'하고 고작 자음 세 개를 입력했는데 그 아이들과 함께 가해자가 되어버린 것이다.

유선은 시간을 확인하고 물을 한 모금 마신 후 전화기를 들었다. 영어학원에 간 해준이 돌아오는 시간까지는 삼십 분 정도가 남아 있었다. 아무래도 아이가 돌아오기 전에 통화를 하는 편이 좋을 것 같았다. 하지만 긴 송신음이 끝나고 상대방이 전화를 받을 수 없다는 기계음이 나올 때까지 경주의 목소리는 들리지 않았다. 어쩌면 마음을 누그러뜨릴 시간이 좀 필요할지도 몰라. 유선은 잠시 휴대폰 화면을 바라보다가 경주에게 선물할 유기농 작설차를 인터넷으로 주문했다. 둘 사이에는 그동안 쌓은 우정과 친밀함이 분명히 존재했다. 경주의 취향을 잘 알고 있다는 사실이, 유선의 마음을 조금 느긋하게 만들었다.

　지나친 낙관은 때때로 일을 망친다. 유선은 그것을 잘 알고 있었기에 모든 상황을 객관적이고 냉철하게 보기 위해 애써왔다. 하지만 이번엔 그러지 못했다. 경주와 자신의 관계를 지나치게 확신했고 이번 일에 대한 경주의 입장을 너무 쉽게 넘겨짚었다. 그녀는 경주가 자신에게까지 그렇게 나오리라고는 예상하지 못했다. 그동안 우리가 쌓은 교류와 우정은 다 어떻게 된 거지? 더군다나 해준이가 다른 아이들처럼 직접적으로 어떤 말을 한 것도 아니잖아. 혹시 단톡방에서 오고 간 말들을 경주가 직접 확인하지 못했기 때문에 해준을 다른 아이들과 똑같이 여기고 있는 건가 싶어서, 유선은 해준이 'ㅋㅋㅋ'라고 쓴 부분을 캡처해서 경주에게 보냈다. 이런 일로 연락을 하게 되어 유감이다, 속상한 마음 충분히 이해한다, 하지만 알다시피 우리 해준이는 주안이를 무척 좋아하고, 그 단톡방에서 웃은 것은 아무런 의미가 없다, 만나서 이야기를 좀 하고 싶다, 그런 말들을 덧붙이면서.
　밤늦게 그렇게 메시지를 보내놓고 유선은 내내 잠을 설쳤다. 잠에서 깰 때마다 휴대폰을 확인했지만 경주에게서는 아무런 응답이 없었다. 다시 자려고 눈을 감으면 자신의 얼굴

위로 뭔가가 스멀거리며 기어다니는 것 같은 느낌이 들었고 옆에서 규칙적으로 들려오는 남편의 숨소리는 이상하게 자꾸만 거슬렸다.

잔 것도 아니고 안 잔 것도 아닌 것 같은 불쾌하고 찌뿌둥한 기분을 애써 떨쳐내며 아침 식사를 차리고 있는데 메시지 알림음이 왔다. 유선은 인덕션의 불을 켜놓은 것도 잊은 채 서둘러 메시지를 확인했다. 경주의 대답은 짧고 명확했다. 지금은 누구도 만나고 싶지 않습니다. 유선은 아랫입술을 깨물었다. 그동안의 호의를 무참히 짓밟혀버린 것 같아서 얼굴이 붉게 달아올랐다. 같잖은 게, 주제도 모르고. 그녀는 나지막하게 중얼거리고는 그런 말을 한 자신에게 스스로 놀랐다. 그런 경박함은 타인의 속성이었지, 결코 자신의 것은 아니었다.

프라이팬에서 타는 냄새가 났다. 달걀은 이미 못 먹을 정도로 타버렸고 팬에서는 회색 연기가 올라왔다. 유선은 타버린 달걀을 싱크대에 부어버리고 뜨겁게 달아오른 프라이팬 위에 찬물을 틀었다. 치이익 소리와 함께 다시금 연기가 올라왔다. 현서 엄마를 만나봐야겠어. 그녀는 프라이팬을 내려놓고 현서 엄마에게 메시지를 보냈다. 그리고 드레스룸으로 가서 붙박이장 맨 위쪽에 있는 샤넬백을 꺼냈다. 나중에 잊지 않도록 소지품을 미리 넣어두기 위해서였다. 다른 가방에서 지갑과 화장품 파우치를 꺼내 샤넬백에 옮겨 담으려던 그녀는 화들짝 놀라 손에 든 것들을 바닥에 떨어뜨리고 말았다. 개미들이 가방 내부를 제집처럼 차지하고 있었던 것이다. 다시 가방을 들어 자세히 안을 들여다보니 여왕개미인 듯한 녀석들이 다섯 마리쯤 보였고 작은 알들도 있었다. 그녀는 그 순간 방역업체 직원의 말을 떠올렸다. 애네들은요, 진짜 아무 데나 둥지를 틀어요. 적당히 빈틈만 있으면 거기 모여서 알을 까는 거죠. 어쩌면 지금 정수기 안에도 살고 있을지 몰라요. 한번 열어보실래요? 은근히 신이 난 듯 떠들어대던 업체 직원의 목소리를 떠올리자 유선은 갑자기 현기증이 났다. 작은 차에 갇혀 구불구불한 산길을 올라가고 있는 것처럼 멀미가 나서 견딜 수가 없었다.

그때 해준의 방에서 비명 섞인 울음소리가 들려왔다. 유선은 가방을 바닥에 내려놓고 서둘러 아이의 방으로 향했다.

왜 그래, 해준아. 나쁜 꿈 꿨어?

방문을 열며 유선은 그렇게 물었다. 해준은 잔뜩 일그러진 얼굴로 고개를 저으며 바닥에 놓여 있는 장수풍뎅이 사육장을 가리켰다. 그러고는 유선의 얼굴을 쳐다보며 다시금 울음을 터뜨렸다. 그녀는 가까이 다가가서 사육장 안을 살펴보았다. 그곳에는 몸체가 반쯤 사라진 장수풍뎅이가 거꾸로 뒤집어진 채로 죽어 있었다. 그 옆으로 개미들은 부지런히 오가며 풍뎅이의 몸체를 잘게 부수어 나르는 중이었다. 그녀는 어지러움을 견딜 수 없어 바닥에 무릎을 꿇고 주저앉아버렸다. 아이의 서러운 울음소리는 점점 커지며 방 안을 가득 채우고 있었다.

최초의 부고

단톡방에 올라온 부고장을 처음 보았을 때 나는 오래전 보았던 재이 아버지의 얼굴을 희미하게 떠올렸다. 결국 돌아가셨구나, 하고. 그렇지만 생각보다는 훨씬 이르게 다가온 일이었다. 설령 예상을 한 일이라 해도 재이라면 그 슬픔에서 빠져나오는 데에 남들보다 훨씬 오랜 시간이 걸릴 텐데, 그런 재이를 어떻게 위로해야 할지 막막해서 한숨을 폭 내쉬고 멍하니 창밖을 바라보았다.

작년 겨울 우리 다섯은 번화가에서 만나 맥주를 마셨고, 그간의 안부를 서로에게 물었다. 그 안부 인사 속에는 우리 나이에 으레 지켜야 하는 규칙처럼 부모의 건강에 대한 이야기도 포함되어 있었다. 스무 살에 첫 아이를 낳았으므로 아직

예순이 넘지 않았다는 민정의 부모를 제외하고는 모두 당뇨, 고혈압, 고지혈증, 디스크 등과 같은 흔한 질환들을 한두 개쯤 앓고 있다고 했다.

시간이 더 지나면 우린 장례식장에서 만나게 되겠지.

생각보다 그때가 빨리 올 수도 있어.

슬프네.

살아 계실 때 잘하자.

그렇게 하나 마나 한 이야기들을 주고받던 와중에 재이는 자신의 아버지가 몇 달 전 위암 수술을 받았다는 이야기를 했다. 수술은 잘되었고 항암 치료를 받는 중인데 생각보다 잘 견뎌내고 식사도 잘하신다기에 모두들 다행이라거나 그동안 마음고생 많았겠다는 위로를 전하며 재이의 등을 두드렸다.

그날 이차는 형진이 사겠다고 했다. 그가 술값을 내는 건 무척 드문 일이었기 때문에 다들 눈이 동그래져서 무슨 좋은 일이 있는 거냐고 물었다. 짜잔, 하고 형진은 꼬깃꼬깃 접힌 종이 한 장을 주머니에서 꺼내 보여주었다. 은행에서 발급한 거래 내역 확인증이었다.

로또 3등.

형진이가 어깨에 힘을 다 주기도 전에 규영이가 형진의 손에서 종이를 빼앗아 가더니 일십백천만…… 하고 숫자를 거꾸로 짚어나갔다.

야, 3등인데 겨우 백삼십밖에 안 돼?

겨우라니. 로또 산 지 십이 년 만에 3등은 처음이라고.

십이 년?

한 주도 안 빼먹었어.

얼마씩 샀는데?

일주일에 만 원.

그 돈으로 적금을 넣는 편이 더 이득이었겠지만 누구도 형진에게 그런 말은 하지 않았다. 한 달에 오만 원씩 넣는 적금은 형진에게 로또 추첨일을 기다리는 것만큼의 기쁨을 주지 못한다는 걸 모두들 알고 있었다. 하나 있는 아들을 유일한 노후 대비책으로 여기고 살아온 형진의 부모에게는 집도 예금도 보험도 없다고 했다. 작고 오래된 빌라의 월셋집에서 늙고 아픈 부모를 봉양하며 비정규직 일자리를 전전하고 밤에는 배달 아르바이트까지 하는 형진의 얼굴은 매번 볼 때마다 더 검고 거칠어졌는데 그래도 목소리만큼은 늘 크고 밝았다. 나는 그것이 형진이 가진 고유한 힘이라고 생각했다. 그리고 신기하게도 형진의 그런 에너지는 매번 우리에게 조금씩 분배되는 것 같았다. 우리 모두에게 나누어 주어도 결코 줄어들지 않는 것들. 형진은 그런 것들을 가지고 있었고 그건 복권 당첨금보다 훨씬 좋은 것이었다. 은행 거래 내역 확인증을 다시금 꼬깃꼬깃 접어 주머니에 넣은 형진은 근처에 자기가 잘 아는 양곱창집이 있다며 그리로 가자고 앞장을 섰다.

괜찮아? 다른 데 가자고 해볼까?

나는 재이에게 작은 목소리로 물었다.

괜찮아. 맥주를 많이 마셔서 배불러.

재이가 고기를 먹지 않은 지 십 년이 넘었는데도 형진과 규영과 민정은 매번 그 사실을 잊었다. 어쩌면 잊었다기보다는 처음부터 그냥 흘려들어서 모르고 있는 것일 수도 있었다. 재이는 모임 장소를 정할 때 딱히 주장을 내세우지 않았고, 어디를 가더라도 그저 고기만 먹지 않을 뿐 다른 채소 반찬 쪽으로 부지런히 젓가락질을 하고 천천히 술을 마셨다. 형진과 규영과 민정은 언제나 빠르게 취했고 다른 사람이 무엇을 먹는지 신경 쓸 겨를이 없을 만큼 과하게 신이 나 있는 쪽이었다. 오로지 나만 재이의 젓가락에 신경이 쓰였다.

형진이 안내한 양곱창집은 장사가 잘되는 곳이었다. 우리는 딱 하나 남아 있던 테이블석에 앉았다. 희뿌연 연기로 가득 찬 실내가 깊은 꿈속처럼 나른했다. 형진이 시킨 양곱창에다 주인아주머니가 서비스라고 얹어준 염통까지 나오자 규영과 민정은 환호성을 질렀다.

야, 진짜 싱싱해 보인다.

얼른 구워봐!

어린아이의 볼처럼 연한 분홍빛으로 반질거리는 소의 창자와 짙은 적색을 띤 소의 심장이 불 위에 얹어졌다. 연기가 자꾸 내 쪽으로 와서 눈이 매웠다. 곱창이 익자 형진과 규영과 민정은 연신 엄지를 치켜세우며 바쁘게 젓가락질을 하고 소

주잔을 비웠다. 목소리들은 점점 커졌고 웃음소리는 더 자주
들려왔다.

넌 왜 안 먹어?

내 옆에 앉은 재이가 조용히 물었다. 나는 상추를 작게 접
어 쌈장에 찍어 먹는 중이었다.

나도 곱창은 별로야.

재이는 내 빈 잔에 술을 따라준 다음 길게 잘라놓은 당근을
하나 집어서 내 손에 쥐여주었다. 그러더니 문득 생각났다는
듯이 휴대폰을 꺼내 사진첩을 뒤지기 시작했다. 잠시 후 재이
가 내게 어떤 사진을 하나 보여주었다.

이게 뭔 줄 알아?

나는 테이블 가운데 하얀 플라스틱 접시 위에 놓여 있는 소
의 염통과 재이의 휴대폰 속 사진을 번갈아 보았다.

비슷하지?

비슷하네.

우리 아버지 위암 수술했다고 그랬잖아.

응.

이게 잘라낸 위장. 수술 직후에 의사가 우리한테 확인시켜
주더라고.

때마침 형진이 검붉게 축 늘어진 소의 염통을 불판 위에 올
렸다. 치이익, 하는 소리와 함께 매캐한 연기가 다시금 내 눈
을 향해 달려들었다.

장례식장에 언제 갈 거냐고 묻기 위해 민정에게 전화를 걸었는데 받지 않았다. 이왕이면 넷이 시간을 맞추어 가면 좋을 텐데 싶어 이번엔 형진에게 전화를 걸었다. 공사장에 있는 건지, 귀를 파쇄해버릴 것만 같은 거친 쇳소리가 형진의 목소리보다 먼저 들려왔다. 여보세요, 형진아, 하고 여러 번 불렀더니 그제서야 대답을 했다.

　부고장 보고 전화한 거지?

　응.

　어휴, 이게 무슨 일이야. 믿어지지가 않는다.

　그래, 너무 갑작스럽다. 넌 언제 가볼 거야?

　……너 괜찮아?

　응?

　네가 제일 친했잖아, 재이랑.

　그 말을 하고 나서 형진은 누군가에게 네네, 죄송합니다, 하고 큰 소리로 외쳤고 조금 있다가 다시 통화하자며 전화를 끊었다. 나는 끊어진 휴대폰 화면을 보면서 형진이 했던 말의 뜻을 가만히 생각했다. 괜찮냐고 물었던 것 같은데. 아닌가? 형진의 주위가 너무 시끄러웠기 때문에 말소리가 분명하게 들리지는 않았다. 하지만 괜찮냐고, 그런 말이었던 것 같은데. 내가 우리 넷 중 재이와 가장 가까운 건 맞지만 재이 아버지를 본 건 고등학교 때 성당에서 몇 번 마주쳤던 게 다였다.

형진도 그걸 알 텐데. 친구 아버지의 죽음은 내게는 좀 멀고 희미한 일이었다. 일상을 침범하지 않는 범위의 죽음, 곧 잊혀지고 말 머나먼 타인의 죽음. 다만 오래 슬퍼할 재이가 걱정될 뿐이었다. 나는 단톡방 채팅창을 열었다. 그리고 부고장을 다시 확인했을 때 내 심장은 어떤 거대한 손에 움켜쥐어졌다가 바닥을 알 수 없는 깊은 우물 속으로 내던져진 것만 같았다.

　─故 윤재이 님께서 별세하셨기에 아래와 같이 부고를 전해드립니다.

　부고장은 재이의 아버지가 아니라 재이의 죽음을 전하고 있었다. 재이의 이름과 별세라는 단어를 연결시키지 못하고 나는 그 문장에 존재하지도 않는 부친이라는 단어를 넣어서 읽었던 것이다. 떨리는 손가락으로 부고장을 클릭하니 하얀 국화꽃 그림 아래에 재이의 이름이 커다랗게 보였고 그 아래 상주를 안내하는 곳에 작은 글씨로 재이의 아버지와 어머니, 형과 형수의 이름이 적혀 있었다. 나는 다리에 힘이 풀려 바닥에 풀썩 주저앉고 말았다. 눈물은 나오지도 않았다. 다만 방 안에 있는 사물들이 온통 희뿌옇게 변해버리고 오직 부고장에 검은 글씨로 쓰여 있던 재이의 이름만이 거대하고도 명확한 재앙의 표지판처럼 내 눈앞을 떠다녔다. 눈꺼풀은 빠른 속도로 내려앉았다 떠지기를 반복했다. 곧이어 콧잔등이 찡긋거리며 엄청난 속도로 움직이기 시작했다. 의지로는 멈출 수 없는 근육의 불수의적 움직임. 누구에게도 보여주고 싶지 않은 내 어두운 그림자. 그럴 때 재이가 손을 잡아주면 내가 어찌할 수 없던 근육의 움직임들은 곧 잠잠해졌었다. 하지만 이제는 그럴 수 없다. 재이는 더 이상,

이곳에

존재하지 않는다.

규영이 퇴근하는 길에 우리를 한 명씩 차에 태웠고 우리 넷은 함께 장례식장으로 향했다. 여느 때와는 다르게 차 안이 고요했다. 그 침묵을 견디기 어려웠는지 규영이 라디오를 켰다. 과도한 웃음소리가 스피커를 찢고 나오더니 곧이어 빠른 비트의 정신없는 노래가 시작되었다. 조수석에 앉은 민정이 손을 뻗어 라디오를 꺼버렸다.

왜 꺼?

그냥 조용히 가자.

넌 꼭 그렇게 마음대로 꺼버리더라.

민정은 규영을 노려보며 무슨 말인가를 하려다가 하, 하고 짧은 한숨을 내쉬고는 창문을 열었다. 둘은 고등학교 때부터 수없이 만났다 헤어지기를 반복했고, 대화 패턴으로 보건대 지금도 헤어진 중이거나 헤어지기 직전인 것 같았다.

나 옷차림이 이래서 괜찮을까.

냉랭해진 차 안의 분위기 속에서 형진이 눈치를 살피며 입

을 열었다. 작업 현장에서 바로 온 형진은 흙과 먼지가 묻어 더러워진 청바지와 스포츠 티셔츠 차림이었다. 숱이 적은 머리카락은 작업모에 눌렸는지 두피에 딱 달라붙어 있었다.

요즘은 다들 바쁘니까. 일 마치고 바로 오는 사람은 어쩔 수 없지.

재이 부모님 오랜만에 뵙는데 후줄근해서 좀 그러네.

그런 거 보이지도 않으실 거야.

하긴……

참, 너 연락받을 때 뭐 얘기 들은 거 있어? 유서라든지.

아무것도 안 남겼대.

선아야, 넌 재이랑 따로 연락하고 지냈지?

어쩌다 한번씩 통화하고…… 만나서 차 마시고……

뭐 특별한 느낌 없었어?

나는 아무 말도 할 수가 없었다. 재이는 항상 내게 특별한 느낌을 주었지만 그런 걸 다른 애들에게 이야기할 수는 없었다. 재이에게만 있는 것. 오로지 나에게만 특별한 것. 그런 이야기는 재이에게도 해본 적이 없었다. 이제 재이는 죽었으니까, 영원히 할 수 없는 말이 되었다.

길은 점점 어두워졌고 규영이 운전하는 차는 시골로 접어드는 국도의 초입 같은 곳으로 들어섰다. 규영이 고개를 갸우뚱했다.

이상하다. 이런 길로 가는 게 아닐 텐데.

주소 잘못 찍은 거 아냐?

맞는데. 수안병원.

내비가 가끔 빙 둘러서 안내할 때가 있더라고.

그래, 목적지만 맞으면 언젠간 도착하겠지.

이 길 보니까 그때 생각난다. 오 년 전이었나? 재이가 가자고 해서 다 같이 시골 갔었잖아.

그랬지. 뭐 그런 데로 소풍 장소를 정했냐고 민정이가 재이한테 계속 투덜거렸지.

그런 적 없거든.

그것도 다 추억이 됐네.

차 안은 다시금 고요해졌다. 나는 고개를 돌려 차창 밖 풍경을 바라보았다. 흘러가는 풍경은 모두 같은 듯하면서도 달랐고 금세 시야에서 사라진 채 다시는 돌아오지 않았다. 나는 형진과 규영이 이야기한 오 년 전의 소풍을 생각했다. 좀처럼 자기 의견을 내지 않던 재이가 가자고 한 곳이었기 때문에 다들 거기가 어딘지 묻지도 않고 좋다고 했다. 나는 그날 새벽에 일어나 야채김밥을 싸고 방울토마토와 딸기를 씻어 도시락통에 넣었다. 우리는 재이가 안내한 언덕의 중턱에 돗자리를 깔고 앉아 점심을 먹었다.

선아야, 너의 정성이 고맙긴 한데.

형진은 김밥을 먹다가 나를 보며 말했다.

무슨 김밥에 햄도 없고 맛살도 없냐. 난 이런 걸로는 도무지 하루를 버틸 힘이 안 나.

야, 넌 얻어먹는 주제에 뭔 말이 많아.

민정이 형진의 뒤통수를 치며 그렇게 핀잔을 주더니 가방에서 소시지 두 개를 꺼냈다. 형진은 무릎을 꿇고 두 손으로 소시지를 받았고 규영은 그런 두 사람을 보고 키득거리다가 건강한 맛이기는 해, 하고 말했다. 세 사람이 내 김밥에 대해 그렇게 농담만 하고 있어도 나는 괜찮았다. 재이가 처음에 김밥 하나를 입에 넣고 천천히 씹어 삼킨 후 나를 보며 입 모양으로 맛있다, 하고 말했기 때문에. 내가 김밥을 싸던 속도대로 느리고 정성스럽게, 그 안에 들어간 재료 각각의 맛과 나의 노력을 기억하려는 듯이 천천히, 남기지 않고 깨끗이 먹어주었기 때문에.

꽃구경할 만한 좋은 데 다 놔두고 왜 하필 이런 델 오자고 했냐고 민정이 그날 투덜거렸던 것은 사실이었다. 그 시골 마을에 들어서면서부터 뭐라 형용하기 힘든 냄새가 코를 찔렀기 때문이었다. 창문을 열지 않아도 차 안으로는 이미 냄새가 배어들었다. 시골에서 흔히 맡을 수 있는 소똥이나 거름 냄새 정도가 아니었다. 부패의 냄새. 썩어가는 채로 여전히 존재하는 무언가가 흙과 빗물에 뒤섞이다 산화된 냄새. 후각은 차츰 그 냄새에 적응했으나 봄의 한낮임에도 스산하고 황폐해 보이는 그곳의 풍경을 모두들 낯설고도 이상하게 여기는 것 같았다. 우리가 김밥을 먹기 위해 자리를 잡은 언덕에는 말라

죽은 나무들이 교수형을 당한 시체처럼 늘어서 있었다. 실은 예전에 이 마을에서 근무했었다고 재이가 말하자 그제서야 규영과 민정이 아, 하고 고개를 끄덕였다.

추억 여행인 거야? 보통은 예전 직장 근처에도 가기 싫어 하지 않나?

우리 재이, 이렇게 아무것도 없는 깡시골에서 고생 많이 했 겠네.

규영이 재이의 어깨에 팔을 얹었다. 사실 나는 알고 있었 다. 그곳이 재이가 공무원으로 첫 발령을 받은 마을이라는 것 을. 재이가 일을 시작한 첫해에 나는 혼자 시외버스를 타고 그 마을을 찾아가본 적이 있었다. 재이를 만나지는 않았다. 그냥 버스에서 내려 발길 닿는 대로 천천히 걷다가 다시 집으 로 돌아갔다. 하지만 그 당시에 내가 알았던 건 그뿐이었다. 그곳이 재이가 머물며 일했던 장소라는 것. 좀 황량해 보이는 마을이지만 재이와는 그럭저럭 어울린다 싶게 조용한 동네라 는 것.

재이가 왜 이 년 만에 그곳을 떠났는지, 어렵게 붙은 공무 원을 그만두고 도시로 돌아와 그리 대우가 좋지 않은 회사들 을 전전한 이유가 무엇이었는지, 우리와 함께 올라갔던 언덕 에서 멀리 내려다보이는 황무지를 바라보며 착잡한 표정으로 눈물을 글썽였던 것은 무슨 의미였는지, 그런 것은 한참 후에 야 알았다.

너희 둘은 왜 사귀지 않는 거야? 민정은 내게 그렇게 물은 적이 있었다. 둘이 서로 좋아하잖아. 아니야? 나는 저만치 앞서 걷고 있던 재이의 뒷모습을 보았다. 주머니에 두 손을 넣은 채 고개를 뒤로 조금 젖히고 언제나 높은 곳을 바라보며 타박타박 걷던 재이. 그 뒷모습을, 나는 눈을 감고도 선명하게 떠올릴 수 있었다. 재이도 그렇게 나를 떠올렸는지는 모르겠다. 확신할 수 없는 모호한 감정들이 우리 사이엔 있었다. 하지만 그 감정의 정체가 무엇인지 확인하기에는 늦었다고, 이미 우리는 어떤 시기를 지나와버렸다고 그때의 나는 생각했다. 내가 아무 대답도 하지 않고 웃기만 하자 민정은 고개를 절레절레 흔들었다. 하여간, 둘 다 답답해.

길은 완전히 캄캄해졌고 오직 우리가 탄 자동차의 헤드라이트 불빛만이 유일한 구원처럼 시야를 밝혀주었다. 드물게 보이는 가로수들은 앙상하고 뭉툭하게 가지치기가 되어 마치 거꾸로 세워놓은 닭발들처럼 기이하고 흉측한 모습으로 우리를 노려보았다.

귀신 나올 것 같다.

왜 그래, 무섭게.

민정의 말에 형진이 뒤를 슬쩍 돌아보더니 눈을 껌뻑거렸다.

무서우면 같이 묵주기도라도 할까? 재이를 위해서.

나 불교로 개종했어.

뭔 소리야, 라파엘 형제님.

이제 원담 처사라고 불러줘.

진짜야?

그렇다니까.

이슬람교 쪽은 생각 없고? 이왕이면 세계 3대 종교 다 섭렵해보지, 왜.

모든 게 우스운 농담 같다는 듯 깔깔거리며 말하는 민정과는 다르게 형진은 진지한 표정을 지으며, 나중에 인생이 영 안 풀리면 그럴지도 모르지, 하고 대답했다.

참, 장례미사는? 재이 부모님 성당 열심히 다니시잖아.

천주교에서 자살은 엄청 큰 죄잖아. 아마 안 될걸. 그리고 부모님도 그냥 조용하게 보내주고 싶으신가 봐. 재이랑 정말 친했던 친구들에게만 부고 전해달라고 부탁하시더라고.

그렇구나…… 쓸쓸하다, 참.

나는 민정과 형진의 이야기를 들으며 몇 달 전 미사의 강론을 떠올렸다. 생명의 존엄성에 대한 이야기였는데 신부님은 자살에 대한 반대 입장을 표명하면서 가톨릭 교리서의 내용과 교황님의 말씀을 인용했다. 우리는 하느님께서 우리에게 맡기신 생명의 관리자이지 소유주가 아닙니다. 우리는 우리의 생명을 마음대로 처분할 수 없습니다. 사람이 목표를 향해 계속 걷지 않고, 혹은 자기 삶의 고난을 극복하지 못하고 스스로 삶을 포기하는 것은 크나큰 죄입니다. 나는 그때 처분, 극복, 포기, 그런 단어들이 자꾸만 마음에 걸렸다. 신부님에게서 눈을 떼고 고개를 돌려보니 스테인드글라스 유리창을 통해 들어온 찬란한 빛들이 성전 중앙에 걸려 있는 커다란 나무 십자가의 끄트머리에 일렁이고 있었다.

갑자기 덜컹, 하고 차체가 출렁였다. 자동차는 그 자리에 멈춰버렸다. 규영이 고개를 흔들며 다시 시동을 걸었지만 차는 움직이지 않았다.

뭐야?

몰라. 잠깐만.

규영은 내려서 차를 확인하더니 우리더러 모두 내리라고 했다. 앞 타이어 한쪽이 진흙 구덩이에 빠져버렸다는 것이었다.

뒤에서 차 좀 밀어봐.

우리 셋은 규영이 시키는 대로 트렁크 쪽으로 가서 차를 밀었다. 규영은 다시 운전석에 앉아 시동을 걸었다. 차의 앞바퀴가 몇 번 헛돌더니 얼마 지나지 않아 타이어가 진흙 구덩이에서 빠져나왔다.

여기 길이 좀 이상해. 아스팔트에서 갑자기 흙길이 되고.

병원 이름이 맞긴 맞는 거야? 다시 한번 확인해봐.

맞는데.

이상하네, 정말. 장례식장이 이렇게 외진 데 있다고?

병원 이름은 몇 번이나 확인했다니까.

규영은 조금 시무룩해진 채 차의 속도를 올렸다. 가지가 모두 잘려 나간 나무들이 우우우우, 하고 구슬픈 울음소리를 내며 빠르게 우리 뒤로 멀어져갔다.

목적지에 도착하였습니다. 경로 안내를 종료합니다. 내비게이션의 음성은 명료했지만 우리는 어리둥절하기만 했다. 이런 곳에 장례식장이 있다는 것도 이상했지만, 무엇보다 주위가 너무도 적막하고 어두웠으며 사람이라곤 하나도 보이지 않았기에 어디로 가야 할지 알 수가 없었다. 우리는 차에서 내려 장례식장 입구를 찾아보았다. 그러나 병원 정문 외에는 입구라고 할 만한 곳이 보이지 않았으며 정문 출입구는 잠겨 있었다. 규영이 잠긴 문을 탕탕 두드렸지만 안에서는 기척이 없었다.

재이네 형님께 전화드려볼까?

형진이 그렇게 말하며 휴대폰을 꺼냈다.

정신없으실 텐데…… 조금만 더 찾아보고.

규영은 좀 더 세게 문을 두드리며 누구 안 계세요, 하고 외쳤다. 잠시 후 병원 안쪽에서 한 남자가 터벅터벅 걸어 나와 문을 열었다. 반백의 머리는 헝클어졌고 커다란 눈이 빨갛게 충혈된 중년의 남자였다. 그 빨간 눈이 우리를 쏘아보았다.

이제 오면 어떡합니까. 정말 무책임하군요. 다 끝났습니다.

우리는 남자의 말을 알아들을 수가 없어서 서로의 얼굴만 쳐다보았다.

당신들이 연락도 없이 안 오는 바람에 모두 다 엉망이 됐습니다. 우리가 공연비를 지급했더라도 그랬겠습니까? 봉사활동이니까 그렇게 쉽게 약속을 어긴 겁니까? 고개를 돌려 한번 보세요. 여기에 뭐가 있습니까? 환자들은 이 건물 안에 갇혀 누가 오기만 기다립니다. 오늘도 그랬죠. 복도에 풍선까지 달고요. 하지만 당신들은 약속을 지키지 않았습니다. 환자들에게는 다음이라는 게 없습니다. 오직 죽음만이 다음인 겁니다. 여기서 나가려면 죽어야 하니까요.

남자는 그 말들을 차곡차곡 준비해두고 있었던 것 같았다. 누구에게라도 꼭 해야 할 말이었던 것처럼. 그의 말은 잠깐의 멈춤도 없이 이어졌기 때문에 우리는 중간에 끼어들 수가 없었다. 뭔가 오해가 있는 것이 분명했지만 그 순간에 우리는 그 오해를 그대로 뒤집어쓰고 있는 수밖에 별다른 도리가 없었다. 남자는 말을 마치고 소리 나게 침을 꿀꺽 삼킨 후 다시 우리를 노려보았다. 그제서야 규영이 조심스럽게 입을 열었다.

저기…… 화가 많이 나신 것 같은데…… 저희는 조문객입니다. 봉사활동을 하러 온 게 아니고요.

남자는 규영의 말에 붉게 충혈된 눈을 한 손으로 비비더니 조금 누그러진 목소리로 물었다.

오늘 낮에 위문공연을 오기로 약속했던 분들이 아닙니까?

네, 저희는 장례식장 입구를 찾고 있어요.

미안합니다. 내가 오해를 했군요. 그런데 여긴 장례식장이 없습니다.

네? 수안병원 장례식장이라고 분명히 확인을 하고 왔는
데……

규영이 당황스러워하며 휴대폰을 뒤적거리자 남자가 한 손
으로 이마를 짚으며 한숨을 내쉬고 말했다.

정확히는 수안요양병원입니다. 하지만 장례식장은 없어요.
죽음을 기다리는 사람들만 있을 뿐이죠.

남자는 뒤돌아서 문 안쪽으로 들어가 철컥, 하고 다시 문을
잠갔다. 우리가 멍하니 잠긴 문을 바라보고 있는 동안 형진
이 재이의 형에게 전화를 걸었다. 몇 마디를 나눈 후 전화를
끊은 형진은 어딘지 알 것 같다며 우리에게 다시 차에 타자
고 했다. 조수석에 앉은 민정은 주소를 제대로 확인해보지 않
은 규영을 탓했고, 규영은 다시 시무룩해진 표정으로 차 문을
세게 닫았다. 경로 안내를 시작합니다. 형진이 불러준 주소를
입력하자 내비게이션에서는 다시 명확한 음성이 흘러나왔다.
우리가 가는 길에는 어떤 착오도 없다는 듯이. 애초부터 그런
착오는 없었다는 듯이.

피가 섞인 물.

재이는 그렇게 말하고 한참을 아무 말도 하지 않았다. 나는
재이가 다시 입을 열 때까지 기다렸다. 그가 그렇게 말을 멈
추는 순간을 나는 잘 알고 있었다. 고통스러운 것이다. 기억

이 언어가 되고 그것이 음성적 형태를 갖춰 발화되기까지의 과정이 힘든 것이다. 하지만 재이는 끝내 말할 것이었고, 나는 얼마든지 기다릴 수 있었다.

지하수에 핏물이 섞여 나왔어. 난 그 물로 매일 몸을 씻었고 하루 종일 몸에서 피 냄새가 나는 것 같았어. 그런데 아무도 안 믿어주더라. 내가 너무 예민해서 그렇대.

그렇게 간단하게 말해버리는 사람들을 나도 제법 알고 있었다. 그들은 자신의 둔감함을 무마시키기 위해, 불편하고 부당한 일들을 대충 덮어버리기 위해, 그렇게 쉽게 말해버렸다. 세상을 향한 예민한 촉수를 가진 사람은 뭔가 문제가 많고 현실에 대한 적응력이 떨어지는 열등한 존재라는 듯이. 자신들의 둔감함과 편의주의가 이 세계에 가하고 있는 폭력에 대해서는 아무런 반성도 하지 않은 채 이상한 웃음을 흘리며 말했다. 너는 너무 예민해. 대충 좀 넘어가.

나는 재이의 말을 믿었다. 피가 섞인 물, 꿈속에서조차 지워지지 않는 죽음의 냄새, 바람에 묻어오는 돼지들의 울음소리. 그건 재이가 분명하게 보고 듣고 냄새 맡은 것이었다. 재이는 과장을 하거나 허풍을 떠는 사람이 아니었다. 재이의 말을 믿지 않는 이들이 절대다수라고 해서 그가 감각한 일들이 거짓이 되거나 아무것도 아닌 일이 될 수는 없었다.

그날 나는 재이의 이야기를 듣고 집에 돌아와서 유튜브 영상을 찾아보았다. 재이가 이 년 동안 공무원으로 일했던 마을의 이름과 구제역, 돼지 살처분, 그런 단어들을 입력하니 그 당시의 뉴스와 환경단체에서 올려놓은 영상들이 연달아 나왔다. 영상 하나를 클릭하자 시골의 황무지에 거대하게 파여 있는 구덩이와 주황색 포클레인 한 대, 그리고 하얀 방역복을 입은 사람들이 모여 있는 장면이 보였다. 소리가 들리지 않아 휴대폰 음량을 올렸더니 꾸웨에엑 꾸웨에엑 하는 돼지 울음소리가 지옥의 입구를 예고하는 것처럼 내 방 안을 가득 채웠다. 곧 구덩이 안쪽이 클로즈업되었다. 그곳에는 이미 돼지들이 제대로 발을 디디기 힘들 정도로 가득 차 있었는데, 구덩이 위쪽에서는 하얀 방역복을 입은 사람들이 계속해서 돼지들을 몰아왔고 한 마리가 구덩이 가까이 떠밀려오면 포클레인은 마지막으로 녀석을 볼링공 굴리듯이 밀어 구덩이 속에 떨어뜨려버렸다. 보기가 힘들었지만 나는 끝까지 영상을 끄지 않았다. 힘들어도 눈을 똑바로 뜨고 직면해야만 하는 일들이 있었고, 그런 일들이 내게 다가오는 데에는 이유가 있다고 생각했다. 잠시 후 돼지들의 울음소리가 더욱 커지면서 구덩이 안쪽이 다시 클로즈업되었다. 네 발로 서 있어야 할 돼지들에게는 더 이상 그럴 만한 공간이 없었다. 이제 그들은 사람처럼 두 발로 선 채 서로의 몸에 짓눌려 압사되고 있었다. 최후의 비명을 쏟아내며 공포와 고통으로 가득 찬 그들의 얼굴…… 가슴이 답답하게 조여오면서 손바닥이 축축해졌다. 좋지 않은 징조였다. 곧이어 눈꺼풀이 빠르게 움직이고 콧잔등의 작은 근육들이 떨리기 시작했다. 나는 아마 화면 속 돼지들의 표정을 평생 잊을 수 없을 것이었다. 다시 줌 아웃된 화면에서 하얀 방역복을 입은 사람들이 부지런히 움직이는 게 보였다. 저들 중에 재이가 있었을까. 이미 과거가 되어버린 일들. 돌이킬 수 없는 기억들. 나는 그 안으로 들어가 재이를 꺼내오고 싶었다. 재이에게서, 그날의 기억을 지워주고 싶었다. 나는 알고 있었으니까. 재이가 내게 했던 모든 이야기가 실재했다는 것을, 그가 본 핏물과 그가 맡은 죽음의 냄새와 밤마다 그에게 들려오는 울음소리들은 모두 그가 가진 민감한 촉수에 감지된 것들이었으며 그 기억들이 재이의 하루하루를 지옥으로 만들고 있다는 것을, 나는 느낄 수 있었으니까.

경제적으로 어려웠던 걸까.

그랬을 수도 있어. 공무원 그만둔 이후로 일자리도 계속 불안정했고, 형님 말씀 들어보니 작년부터는 일을 아예 쉬고 있었다고 하더라고.

공무원을 계속했으면 좋았을걸.

그러게 말이야.

그래도 좀 견뎌보지, 나쁜 새끼.

민정이 갑자기 훌쩍였다. 규영은 그런 민정을 곁눈질로 보더니 운전석 옆에 있던 티슈를 건네주었다. 형진이 창밖으로 시선을 돌리며 한숨을 내쉬더니 말했다.

난 이해해. 카드 결제일 다가오면 진짜 눈앞이 캄캄해지면서 낭떠러지로 떠밀리는 기분이거든.

이해하긴 뭘 이해해. 아무리 힘들어도 끝까지 살아야지. 재이는 가족들이랑 우리한테 정말 큰 죄를 지은 거야. 너희들은 진짜 죽지 마. 다들 백 살까지 이 악물고 살라고.

민정은 그렇게 말하더니 더 크게 울기 시작했다.

야, 울지 마. 안 죽을게. 너 무서워서 못 죽겠어.

형진이 민정의 어깨를 두드렸다. 나도 실은 울고 싶었다. 지금 이 자리에 재이가 없다는 것이, 무엇이 그를 그토록 견딜 수 없게 만들었는지에 대해 재이의 목소리로 더 이상 들을 수가 없다는 사실이, 어떤 오해도 어떤 진실도 이제 연기처럼 잠시 떠돌다 사라지고 말 것이라는 예감이 마냥 속상하고 고통스러워서 누구보다도 크게 소리 내어 울고 싶었다.

나는 가방에 있던 묵주 팔찌를 꺼내 두 손으로 꼭 쥐었다. 언젠가 재이에게 주려고 향나무를 알알이 깎아 만들어놓고 아무래도 망설여져서 서랍 안에 그냥 넣어두고 만 것이었다. 손가락에 만져지는 묵주의 알은 크기가 일정치 않고 울퉁불퉁했다. 크고 작은 죄를 저지르며 살아가는 치욕스러운 삶과, 그 죄를 차마 견디지 못하고 스스로 택한 죽음 중에 어느 것이 더 큰 잘못인지 나는 도무지 알 수가 없었다. 견딜 수 있는 일과 견딜 수 없는 일의 경계에 홀로 오래 서 있어야 했던 재이의 외로움도 알지 못했다. 알 수 없으므로, 나는 아무 말도 할 수 없었다. 다만 어설프게 조각한 나무 묵주를 만지작거리며 아주 오래전 재이를 처음 바라보았던 때를 떠올렸다. 그때 우리가 함께 다니던 성당에는 작은 연못이 있었다. 나는 교리 시간을 기다리며 연못 앞 벤치에 앉아 책을 읽던 짧은 고요의 순간을 좋아했다. 그날도 나는 학교 도서관에서 빌린 책을 들고 성당으로 갔다. 교리 수업을 시작하기까지는 시간이 꽤 남아 있었기 때문에 성당 마당은 조용했다. 작은 화단을 돌아 연못이 보이는 쪽으로 발걸음을 옮겼을 때 나는 무릎을 꿇고 연못을 향해 두 손을 내밀고 있는 재이의 모습을 보았다. 재이는 연못 가장자리에 둥둥 떠 있던 죽은 물고기를 손으로 건져냈다. 그리고는 연못 옆 나무 아래에 미리 파두었던 작은 구덩이에 죽은 물고기를 묻고 흙으로 덮은 다음 낙엽을 쓸어 모아 그 위에 올리고 천천히 성호경을 그었다. 두 손을 모으고 기도하는 재이의 옆모습을 나는 가만히 바라보았다. 재이의 눈에서 흘러내리는 눈물이 오후의 햇살에 반사되어 물고기의 은빛 비늘처럼 반짝이고 있었다. 기도를 마치고 다시 성호경을 그은 재이는 고개를 돌려 우두커니 서 있던 나를 발견하고는 그리로 와보라는 듯 손짓을 했다. 그것은 내가 받은 최초의 부고였다. 나는 재이 쪽으로 천천히 발걸음을 내딛으면서 그 순간을 영원히 잊을 수 없을 거라고 생각했다.

경로를 이탈하였습니다. 경로를 재탐색합니다. 민정의 흐느낌 위로 내비게이션의 명랑하고도 명료한 음성이 반복해서 들려왔다. 규영이 고개를 갸우뚱하며 내비게이션 화면을 바라보았다. 창밖은 여전히 어두웠고 가지가 모두 잘려 나간 나무들은 천천히 우리에게서 멀어져갔다. 우리는 목적지에 도착할 수 있을까. 너무 늦기 전에 재이에게 마지막 인사를 전할 수 있을까. 어쩌면 이미 늦어버린 것은 아닐까. 그런 생각을 하며 나는 재이에게 건네주지 못했던 향나무 묵주를 두 손으로 꽉 쥐었다.

* 참고자료

유튜브 한겨레TV 「생매장 돼지들의 절규」(https://www.youtube.com/watch?v=MwwPgoz-Vyo).

『가톨릭 교회 교리서』, 한국천주교중앙협의회, 2008.

유실물

지아가 조에게 요구한 것은 단 하나였다. 담뱃불로 자신의 왼쪽 날갯죽지에 흔적을 남겨달라는 것이었다. 그밖에 원하는 것은 아무것도 없다고 했다.

미안, 그냥 갈게.

조는 반쯤 풀었던 셔츠의 단추를 다시 채웠다. 그런 취향은 아니었으니까. 그렇다면 아예 시작하지 않는 편이 낫겠다고 생각하면서.

지아와 조는 한 달에 한 번 정해진 장소에 모여 세 시간 동안 각자 가져온 책을 묵독하는 모임의 멤버였다. 다섯번째 만남에는 어쩐 일인지 그들 둘밖에 나오지 않았다. 그래도 둘이서 마주 보고 앉아 여느 때처럼 책을 읽었고 독서 시간이 종료된 후 조의 제안으로 술을 마시러 갔다. 좋아하는 작가와 아끼는 책에 대한 애정이 술집의 탁한 공기 속에서 은근히 겹쳐졌고, 알코올 기운에 빠르게 점령당한 손가락 끝은 서로의 피부를 스쳤다. 그 후 몇 번을 따로 만나 술을 마셨다. 데이트인가, 그냥 술친구인가. 둘의 관계에 대해 조가 의문을 품고 있을 무렵 지아가 자신의 집에 같이 가자고 말했다. 담뱃불 어쩌고 하는 그 당황스런 제안만 아니었어도 평범하고 무난한 연애의 시작이 될 뻔했다고, 조는 마지막 단추를 채우며 생각했다.

그는 옷매무새를 바로 하고 검정색 백팩을 멘 다음 작별 인사를 하려고 했다. 그때 지아가 문 앞을 막고 서더니 그를 꽉 안았다. 가느다란 팔로 그의 허리를 감싼 채 놓아주지 않았다. 속수무책으로 결박당한 조의 몸에 지아의 작고 마른 몸이 딱 달라붙어 있었다.

가지 마.

있잖아, 나는……

제발.

지아는 제 나이에 어울리지 않게 골격이 왜소했다. 그런 그녀의 몸이 조의 품 안에서 고요히 떨렸다. 다친 새 한 마리를 손바닥 위에 올려둔 것만 같아서 조는 움직일 수가 없었다.

지아가 옷을 벗었을 때 조는 자신도 모르게 낮은 신음을 내뱉었다. 옷으로 가려져 있던 그녀의 몸 곳곳에는 이미 불에 덴 자국들이 선명했다. 작은 원형으로 남은 그 상처들은 대체로 오래된 듯 짙고 어두웠지만 어떤 것에는 아직도 붉은 기가 남아 있었다.

여기쯤에다 해줘.

지아는 오른손을 왼쪽 어깨 위로 힘겹게 넘겨 날갯죽지 부근을 만졌다. 그리고는 담배 한 개비를 꺼내 불을 붙인 후 조에게 건네주었다. 조에게서 등을 돌리고 앉은 지아의 작은 몸이 들숨과 날숨으로 가볍게 오르락내리락했다. 조는 그녀의 뒷모습을 바라보면서 어쩔 도리 없이 담배만 태웠다. 아무 맛도 느껴지지 않았는데 어느덧 담배는 거의 꽁초가 되고 말았다. 이상하게 마음이 무너져 내릴 것 같은 기분이었다. 그냥 담뱃불을 꺼버리고 그녀의 몸에 있는 오랜 상처들을 어루만지고 싶었다.

난 괜찮으니까, 어서.

지아는 나지막한 목소리로 조를 재촉했다. 조는 결국 지아가 가리켰던 왼쪽 날갯죽지 부근을 담뱃불로 꾹 눌렀다. 붉게 타오르던 불씨가 피부에 닿는 순간 그녀는 잠시 움찔했으나 숨결은 금세 정돈되었다. 지아는 옆에 놓여 있던 손거울로 금방 생긴 상처를 비춰본 다음 조의 몸을 끌어당겨 입을 맞췄다. 하지만 불과 몇십 분 전 그녀의 집에 들어왔을 때 조의 몸에 들끓던 욕망 같은 것은 이미 사라지고 없었다. 그저 괴롭고 고통스러울 따름이었다. 불에 덴 사람은 넌데, 왜 내가 이렇게 아프고 참담한 거지? 조는 그녀의 몸을 조심스럽게 안았다. 작은 뼈들을 간신히 감싸고 있는 얇은 피부에서 오래된 상처들이 만져졌다. 조의 마음은 알 수 없는 슬픔으로 밤새 흔들렸다.

*

두 사람은 따로 만나기 시작한 이후로도 독서 모임에 계속 나갔는데, 언젠가 일요일 아침을 함께 먹은 후 손을 잡고 모임에 갔다가 모임의 대표 격인 남자로부터 정중히 탈퇴 권고를 받았다. 그가 말하길 모임 내에서는 연애가 금지되어 있다고 했다. 그런 제약을 두지 않으면 불순한 의도로 오는 사람들이 많아져서 본래의 목적을 잃게 된다고 남자는 말했다. 처음 듣는 이야기인 데다 불순한 의도라는 말이 잘 납득되지 않았지만 지아와 조는 순순히 모임에서 나왔다. 어차피 같은 장소에 모여 각자의 책을 읽는 것이니까 둘이 해도 상관없다는 생각이었다.

모임에서 쫓겨난 그날은 버스를 타고 삼십 분 만에 갈 수 있는 작은 호숫가에 갔다. 물가 쪽으로 놓여 있는 기다란 나무 의자에 앉아 각자 가져온 책을 읽고 발밑에서 작은 돌을 찾아 호수로 던졌다. 퐁, 퐁, 소리를 내며 돌멩이들은 물속으로 사라졌다. 물의 표면에 여러 개의 동심원이 그려지며 작은 파동이 일었으나 이내 그 흔적마저도 자취를 감췄다. 사라진 돌멩이들을 다시 찾을 수는 없을 것이다. 보이지 않아도 물속 어딘가에는 존재하고 있을까. 하지만 다시 만날 수 없다면 내 세계에서는 영영 사라진 거잖아. 지아는 언제나 그런 일들에 대해 생각했다. 다시는 찾을 수 없는 것들과 영원히 되돌아갈 수 없는 순간들. 옅은 물비린내를 머금고 불어오는 미풍이 두 사람의 몸을 훑고 지나갔다. 지아는 깊은숨을 여러 번 들이쉬 었다.

왜? 또 숨이 차?

응.

집에 갈까?

아냐. 금방 괜찮아질 거야.

금방 괜찮아지는 일은 없다는 걸, 조는 알고 있었다. 지아 는 자다가도 자주 깨서 숨을 몰아쉬곤 했다. 조의 동생도 그 랬었다. 그의 옆에서 등을 돌리고 자다가 흠칫 놀라듯 깨어 숨을 몰아쉬었다. 그러다 가끔은 소리 죽여 우는 것처럼 몸이 들썩이기도 했다. 조는 모른 척했다. 그것이 내내 마음에 걸 리고 미안해서 동생의 영정사진을 제대로 쳐다볼 수가 없었 다. 군에서 가혹 행위가 있었다는 것은 장례를 치르고 한참 후에야 알았다.

나, 물에 빠진 적이 있어.

천천히 숨을 고른 지아가 말했다.

여덟 살 때였는데, 외가 친척들하고 계곡에 갔었거든. 장마가 끝난 뒤라서 물이 많이 불어 있었어.

조는 눈을 감았다. 나지막하고 느리게 이어가는 지아의 목소리가 그를 몇십 년 전의 그 장소로 데려다 놓았다. 깊은 산속, 물이 흐르기도 하고 고여 있기도 한 곳. 커다란 나무가 우거진 그늘 밑에 지아의 외가 친척들이 돗자리를 깔고 앉아 왁자지껄하게 떠든다. 먹다 남은 고기와 수박과 술병이 돗자리 한가운데 어지럽게 펼쳐져 있다. 여덟 살의 어린 지아는 동갑내기 사촌과 함께 직사각형 모양의 넓적한 고무보트 위에 올라가 물 위를 둥둥 떠다닌다. 그 위에서 지아가 바라보는 이는 단 한 사람이다. 멀리서도 제일 눈에 띄는 사람, 그녀를 부르고 손을 흔든다. 하지만 그녀를 비롯한 모든 어른들은 술에 취했고 얼굴이 달아올랐으며 목소리가 높아져 있다. 지아의 작은 목소리와 가냘픈 손짓은 그들에게 가닿지 않는다. 야, 지아야, 누워봐. 내가 팔로 노를 저어서 저기까지 태워줄게. 사촌은 나무 그늘이 드리워져 어둡고 깊어 보이는 쪽을 손으로 가리킨다. 삼촌이 여기 앞에서만 놀라고 했는데…… 겁쟁이. 갔다가 바로 돌아오면 되지. 사촌의 제안이 마음에 내키지 않았으나 지아는 다만 재촉에 못 이겨 보트 위에 등을 대고 눕는다. 햇빛 때문에 눈이 부셔 두 손으로 얼굴을 가린다. 사촌은 두 손을 재게 놀려 고무보트를 움직여본다. 어린아이의 서툰 손놀림이 보트를 원하는 방향으로 가게 할 리 없으므로, 사촌은 인상을 써가며 두 팔에 더욱 힘을 실어본다. 고무보트가 아무 데로나 흘러가다가 이리저리 흔들린다. 그만 돌아가고 싶어. 지아가 얼굴을 가렸던 두 손을 아래로 내리는 순간 기우뚱거리던 보트가 한쪽으로 기울어버린다. 그리고 여덟 살짜리 여자애 둘은 발이 닿지 않는 물속으로 가라앉는다.

조는 이야기를 듣다 말고 지아의 손을 꼭 잡았다. 그러면 몇십 년 전의 그녀를 물에 빠지지 않게 할 수 있을 것처럼.

그래도 살아서 지금 여기 있으니 다행이다.

조의 말에 지아는 다행인 걸까, 하고 혼잣말처럼 중얼거리고 말을 이었다.

외삼촌이 빈 보트를 발견하고 물로 뛰어들었대. 사촌은 허우적거리고 있었고, 내 모습은 보이지 않았었는데 삼촌이 금방 찾아냈나 봐. 인공호흡으로 곧 정신이 돌아왔고, 나는 큰이모가 입에 넣어준 청심환을 천천히 씹어 먹었어. 그때 사촌이 볼멘소리를 했어. 자기는 수영을 할 줄 아는데 내가 밑에서 다리를 잡아당기는 바람에 못 나왔다고. 그 말을 들은 어른들이 모두 박수를 치며 웃더라고. 지아가 물귀신이었네, 하면서 말야. 나는 죽음으로 가는 길목에서 겨우 빠져나온 참인데, 모두들 그렇게 우스울 수가 없다는 듯이 배를 잡고 크게 웃어댔어. 너무 창피하고 속상해서 엄마를 쳐다봤는데, 엄마마저도 아무렇지 않게 막 웃고 있는 거야. 남의 이야기를 듣는 것처럼. 그 순간 물속으로 다시 빠져버리고 싶었어. 거기에 뭔가를 잃어버리고 온 것만 같아서.

지아의 이야기를 들으며 조는 왼쪽 새끼손가락에 끼워져 있는 동생의 반지를 만지작거렸다. 그 애도 그랬을까. 잃어버린 것을 찾지 못해서 차라리 스스로를 잃기로 결심했을까. 작은 일기장에 적혀 있던 날카로운 언어들. 그 말들은 끝끝내 자기 자신을 향해 있었다. 타인의 명백한 잘못을 두고도 스스로를 탓하는 사람들은 홀로 오래 아프다가 조용히 사라져갔다. 하지만 성찰하지 않는 유전자들은 있는 힘껏 열심히 번성하고 오래오래 살 것이다. 그렇게 세상은 자꾸 나빠지는 거겠지. 그러다가 더 이상 나빠질 수 없을 만큼 충분히 나빠지면 이 세계는 펑, 하고 터져버리는 걸까. 모든 게 흔적 없이 사라질까. 조는 그런 순간을 꿈꿨다. 좋은 것도 나쁜 것도 모두 사라지는 꿈. 그렇게 아무것도 없는 곳에서 아무것도 아닌 존재로 동생에게 가닿으면 그때야 비로소 미안하다는 말을 할 수 있을 것 같았다.

*

물에 빠져 정신을 잃어가던 그 순간은 지아의 꿈에 반복적으로 나타났다. 물속은 차고 어두웠으며 우주처럼 끝이 없었다. 허우적거리던 팔다리에 힘이 빠져갈 때쯤 눈앞에 하얗고 동그란 공기 방울 같은 것들이 하나둘 올라가기 시작했다. 삶과 죽음의 경계에서 보는 환시였는지 실제로 보았던 것인지 모르겠지만 그녀는 그 이미지들을 똑똑히 기억했다. 환하게 빛나던 공기 방울들. 손으로 움켜잡고 싶었지만 아무리 휘저어도 닿을 수가 없었다. 가슴이 점점 답답해지고 생각들은 갈피를 잃은 채 툭툭 끊어졌다. 이제 더는 안 되겠어, 하고 온몸에 힘을 풀어버리면 그제서야 악몽은 그녀로부터 슬그머니 뒷걸음질을 쳤다. 꿈에서 깨고 나서도 한동안은 폐 속 가득히 물이 차버린 것만 같아 제대로 숨을 쉬기가 힘들었다. 어차피 꿈일 뿐이고 결국은 깨어날 거니까 너무 애쓰지 말자고 몇 번이나 다짐했지만 꿈이 닥쳐오면 또다시 물 밖으로 나오려고, 어떻게든 살려고 애를 쓰게 되었다. 그것이 언제나 참담했다.

배 속에 아이를 품고 있었던 아홉 달 동안은 물에 빠지는 꿈을 꾸지 않았다. 죽은 듯이 잠들었고 잠을 깨면 몸이 개운했다. 밤을 그토록 짧게 지나 보낼 수 있다는 사실이 마냥 신기했다. 매일 아침 부푼 배를 쓰다듬고 배 속 아이에게 말을 걸었다. 출산이 가까워지자 의사는 준비해야 할 옷 색깔을 넌지시 말하는 것으로 아기가 딸이라는 사실을 알려주었다. 뻔하고 지루한 암시였지만 그래도 좋았다. 의사가 보여준 초음파 화면 속의 아기 얼굴에 미소가 언뜻 보이는 것 같았고 그 얼굴을 빨리 만져보고 싶었다. 아이가 태어나면 누구보다 예쁜 이름을 지어주고 싶어서, 생각날 때마다 노트에 적어놓은 이름들이 서른 개가 넘었다.

반지하에 사는 반지아. 그녀는 학창 시절 그렇게 놀림받았다. 아이들은 단순히 라임을 맞추려고 그 단어를 사용해 놀린 것일 수도 있었겠지만, 죽은 꽃들의 무덤처럼 곰팡이가 가득 피어 있는 반지하 빌라에 사는 것이 사실이었기 때문에 그녀에게 그 말은 상처가 됐다. 왜 엄마는 딸의 이름을 그런 식으로 지은 것일까. 성까지 붙여 이름을 부르면 놀림거리가 될 수도 있다는 사실을 생각조차 하지 않은 걸까. 혹은 생각해보았지만 별로 중요하지 않은 일이었나. 그녀는 성인이 되고 나서야 그런 의문을 품었고, 마침내 깨달았다. 엄마는 지독한 나르시시스트였으며 자기 자신 외에는 별로 관심이 없는 사람이었다는 것을. 그것을 알게 되니 엄마가 어린 그녀를 두고 떠나버린 일마저도 이상할 것이 없었다. 하지만 그녀는 달랐다. 배 속에 있는 아이가 태어나면 흘러넘치도록 사랑을 줄 작정이었다. 그래서 아이의 아빠가 될 예정이었던 사람이 갑자기 사라졌을 때에도 견고하게 중심을 잡을 수 있었다. 아니, 어쩌면 더 잘된 것일지도 모른다는 생각마저 들었다. 좋은 아빠가 될지 나쁜 아빠가 될지 확신할 수 없는 사람과 함께 아이를 키우는 것보다 오히려 혼자 키우는 편이 아이에게 더욱 충만하고 깊은 사랑을 줄 수 있을 거라고, 그런 생각을 하며 홀로 출산일을 기다렸다.

그러나 누구보다 곱고 예쁜 이름을 딸에게 지어주겠다는 결심은 끝내 이루지 못했다. 아기는 탯줄이 목에 감긴 채 그

녀의 몸 밖으로 나왔고 숨을 쉬지 않았다. 퉁퉁 부은 몸으로
혼자 아기의 장례를 치르고 집으로 돌아와 술을 마시고 담배
를 피웠다. 여전히 조금 부풀어 있는 배를 문지르다가 자신도
모르게 담뱃불을 갖다 댔다. 그 뜨거운 불기운에 몸의 감각이
일깨워지며 막혀 있던 눈물샘이 그제서야 뚫린 것처럼 눈물
이 마구 쏟아져 나왔다. 처음으로 몸에 새긴 불의 흔적은 아
기를 품었던 그 자리에 동그랗게 남았다.

*

지아의 집이 있는 곳은 무허가 주택들이 즐비한 골목이었
다. 아주 오래전 윗동네에 댐을 건설하면서 그곳에 살던 원주
민들이 내려와 지은 집들이라고 했다. 정부의 허가를 받지 못
한 집들이었지만 몇십 년째 사람들이 살았고 매매와 임대도
이루어졌다. 지아는 그 무허가 주택들 가운데 하나를 임대해
서 삼 년째 살고 있었다. 그녀의 형편에서는 그 정도의 집이
딱 적당하기도 했고, 살기에 그리 나쁜 점도 없었다. 사실 매
일같이 악몽을 꾸며 긴 밤을 겨우 견뎌내는 그녀에게 집의 상
태 같은 것이 문제 될 리 만무했다. 정말 나쁜 것들은 기억과
감정 속에 있었으니까.

조는 지아를 만난 후 다시 일을 시작했다. 어쩐지 그러고 싶
어졌다. 죽은 동생의 일기장을 발견한 후 직장을 그만두고 군

을 상대로 승산 없는 싸움을 몇 년이나 했었다. 소송은 모두 기각되었고, 동생의 죽음은 그저 우울증 환자의 극단적인 선택으로 치부되고 말았다. 조는 자신의 삶 역시 어떤 상황에 처하면 그렇게 쉽게 기각되고 마는 처지라는 것을 깨달았다. 그래서 한동안 그 무엇에도 애를 쓰지 않고 지냈다. 직장을 다시 구하지 않은 채 모아두었던 돈을 야금야금 까먹으며 책을 읽고 영화를 보며 시간을 흘려보냈다. 여자들과는 가볍게 만났다가 적당한 시기에 헤어지곤 했는데, 서로의 마음에 어떤 타격도 주지 않는 방식이어서 편했다. 그런데 지아를 만나고는 다시금 애를 쓰고 싶어졌다. 그녀에게도, 자신의 삶에도.

그는 다시 직장에 다니기 시작하면서 평일에는 기계 부품들을 합법적으로 외국에 팔았고, 주말이 되면 국가로부터 허가받지 못한 집들의 골목으로 들어왔다. 지아와 어깨를 맞대고 앉아 책을 읽고 이야기를 나누면 그 순간만큼은 저 깊은 곳에 가라앉아 있던 것들이 둥실 떠올랐다. 잃어버린 세계를 되찾을 수 있을 것만 같았다.

*

새댁, 그렇게 여유를 부릴 때가 아니라오. 날짜가 얼마 안 남았소.

건너편에 사는 할머니가 집에서 나오는 그들을 보고 걱정스럽다는 듯이 말했다. 주말마다 조와 지아가 함께 나오는 것을 몇 번 보더니 신혼부부라고 생각했는지, 지아를 볼 때면 새댁, 하고 살갑게 인사를 건네오던 할머니였다. 그들도 굳이 오해를 바로잡을 생각은 없었기에 그냥 부부로 여기도록 내버려둔 참이었다.

네? 무슨 말씀이신지……

아이고, 못 들었는가. 장마 말이오.

장마야 매년 오는 것 아닌가, 하는 생각에 조와 지아는 고개를 갸우뚱하며 서로 얼굴을 마주 보았다. 여름이 다가오면서 공기는 점점 눅눅해지는 중이었고 장마전선이 북상하고 있다는 것쯤은 누구나 알고 있는 사실이었다. 장마에 특별히 준비해야 할 것이 있었던가? 지아는 할머니의 걱정스런 표정을 보고 곰곰이 생각했다. 지대가 낮은 동네여서 비가 많이 올 때 도로에 나가보면 발목까지 물이 찰랑거리는 일이야 가끔 있었지만, 일시적인 현상이었으므로 생활에 특별히 문제될 것은 없었다. 어리둥절해하는 둘의 표정을 보고 할머니는 혀를 끌끌 찼다. 할머니의 말에 따르면 이번 장마에는 전에 없던 폭우가 쏟아질 거라고 했다.

집 안이고 집 밖이고 물이 흐르고 넘쳐 뭐든 다 쓸어가버릴 거요. 아무것도 남아나는 게 없을 거라고. 이십 년 전쯤에도 그런 비가 왔었소. 하늘이 노한 것처럼 무섭게 쏟아져 내렸다오. 그때는 아무도 대비를 못해서 이 동네 살림살이들 전부다 누런 흙탕물에 둥둥 떠내려가버렸지. 사람도 여럿 죽었고.

그런 일이 있었나요?

조는 고개를 갸웃했다. 이십 년 전이라면 그래도 세상 돌아가는 뉴스 정도는 보았을 나이였다. 더군다나 자신이 사는 지역에 그 정도로 심각한 폭우 피해가 있었다면 희미하게나마 기억에 남아 있을 법도 한데 전혀 기억이 나지 않았다.

사람들은 본래 자기 일이 아니면 뭐든 금세 잊는 법이오.

할머니는 잠시 회한에 젖는 것 같더니 고개를 흔들고는 그들에게 다시 경고했다. 어서 중요한 짐들을 챙겨 어디든 잠시 피할 곳을 마련하라고. 자신은 며칠째 저 언덕 위 빈 움막으로 중요한 살림살이들을 옮기고 있으며, 이 마을 사람들 대부분 이미 준비를 시작했다고 말이다.

아무래도 믿기 힘든 이야기였다. 조는 매일같이 인터넷 뉴스를 훑어보는 편이었지만 이십 년 만의 심각한 폭우를 우려하는 기상예보는 본 적이 없었다. 물론 자신이 기사를 놓쳤을 수도 있다. 하지만 그보다는 노인의 판단력과 기억력이 좀 혼란스러운 상태인 게 아닐까, 하고 조는 생각했다. 자신의 아버지를 비롯해서, 그런 노인들은 많았으니까. 과거와 현재가 뒤섞이고 상상과 실재가 뒤엉키는 순간 옆에 있는 사람을 말도 안 되게 의심하거나 세상에 대한 거대한 불안감으로 어쩔 줄을 몰라 하는 것이다.

네, 어르신. 알려주셔서 감사합니다.

조는 그렇게 말하고 허리를 굽혀 할머니에게 인사한 후 지
아의 손을 잡아끌었다. 지아는 조의 손에 이끌려 걸어가며 여
러 번 뒤를 돌아보았다. 할머니는 정말로 집에서 살림살이들
을 꺼내 낡은 리어카에 하나씩 싣고 있었다. 할머니의 믿음은
굳건했고, 할머니와 그들 사이에는 보이지 않는 벽이 세워져
있는 것 같았다.

*

왜 아무것도 묻지 않는 걸까. 지아는 조와 헤어지고 나면
매번 생각했다. 알고 싶지 않은 걸까, 겁을 내는 걸까. 어쩌면
투박한 질문으로 상대를 상처 입히게 될까 봐 조심하는 것일
지도 모르지. 어떤 사람들은 만난 지 한 시간 만에 너무도 많
은 걸 캐물었는데 그런 질문들은 대부분 무례했고 그녀를 자
꾸 그 자리에서 도망치고 싶게 만들었다. 그런데 조에게만큼
은 뭐든 말하고 싶었다. 다만 어떻게 시작해야 할지를 알 수
없을 뿐이었다.

지아는 아이를 잃은 이후로 드문드문 자신의 손으로, 혹은
타인의 손을 빌려 몸에다 불의 흔적을 새겼다. 그녀가 그런
부탁을 하면 경멸의 눈빛을 보내며 뒤도 돌아보지 않고 가버
리는 이들이 있었고 내키지 않아 하면서도 하룻밤의 쾌락을
위해 담뱃불을 받아 드는 이들이 있었다. 드문 케이스였지만

때로는 눈을 반짝이며 그녀의 몸에 담뱃불을 갖다 댄 다음 그녀가 부탁하지 않은 가학적 행위까지 덧붙이려는 사람도 있었다. 조는 그 모든 이들과 달랐다. 달랐기 때문에 지아는 오히려 점점 두려운 마음이 들었다. 그녀가 특별하다고 느꼈던 존재들은 언제나 예고 없이 사라져버리고 말았으니까. 아무래도 신은 그녀에게 가혹하게 굴기로 작정한 것 같았다.

지아는 단기계약직으로 도서관의 서고 정리 일을 하고 있었는데, 일요일 오후에도 정해진 시간 동안 근무를 해야 했다. 조는 주말이면 지아의 집에서 지내다가 일요일 오후 그녀를 도서관 앞까지 데려다준 다음 자신의 집으로 돌아갔다. 지아는 이층에 있는 도서관 자료실의 유리창을 통해 버스 정류장 쪽으로 걸어가는 조의 뒷모습을 바라보았다. 모든 뒷모습은 마지막일 가능성을 내포하고 있었으므로 최대한 오래 바라볼 필요가 있었다. 아주 멀리, 작은 점이 되어 사라질 때까지.

지아는 없어진 책들을 찾아내는 일에 재능이 있었다. 정확히 말하자면 완전히 없어진 것은 아니고 엉뚱한 곳에 꽂혀 있는 책들을 원래 자리로 가져다 놓는 일이었다. 자료실의 모든 사서들이 다들 그녀에게 칭찬을 아끼지 않았다.

도서분류기호가 그렇게 눈에 잘 들어와요? 난 아무리 봐도 잘 안 보이던데. 눈이 좋은 건가? 진짜 신기하다니까.

잘못 꽂혀 있는 책들을 순식간에 찾아내는 지아를 보고 한 사서가 말했다. 지아는 조용히 웃고 말았다. 처음부터 도서분류기호를 꼼꼼히 보면서 찾아내는 건 아니었다. 그냥 책장 한 줄을 쭉 훑어 지나가다 보면 낯선 골목에서 길을 잃고 우두커니 웅크리고 있는 것 같은 책들이 눈에 띄었다. 제목에서 풍기는 느낌인지 책등에서 나타나는 이미지인지는 정확히 알 수 없었지만, 어떤 책들은 그녀가 지나갈 때마다 그렇게 소리 없이 외치고 있었다. 자신의 존재를 알아달라고, 제발 좀 봐달라고. 설명할 수 없는 이유로 눈이 가는 책들의 도서분류기호를 살펴보면 역시나 본래의 자리를 잃어버린 책들이었다.

지아는 제자리에 돌려둔 책들을 메모해두었다가 가끔 대출 상태를 검색해보곤 했다. 자주 있는 일은 아니었지만 간혹 누군가 그 책들을 빌려 간 경우가 있었다. 그럴 때마다 마음속에 사소한 기쁨이 일었다. 서고의 한구석에서 길을 잃은 채 영영 사라질 뻔했다가 끝내 누군가의 마음에 가닿은 활자들. 그 활자들과 익명의 독자들이 서로 만날 수 있는 가능성을 되찾아주는 것은 그녀가 현실에 발 디딘 채로 할 수 있는 최선의 일이었다. 적어도 도서관의 책들에게 그녀는 가혹하지 않은 신이 될 수 있었다.

*

지아와 헤어진 후 조는 아버지가 있는 요양병원으로 갔다. 감염병 확산 이후로 병원에서는 대면 면회를 허용하지 않았고 유리문 밖에서만 아버지를 잠시 볼 수 있었다. 방문자 기록을 작성하고 기다린 지 십여 분 만에 직원이 밀어주는 휠체어를 타고 아버지가 나타났다. 몇 달 전보다 좀 더 초췌해진 모습이었다. 직원은 서로의 목소리를 들을 수 있도록 유리문 앞에 설치된 전화기를 아버지의 손에 들려주었다. 조 역시 테이블에 놓여 있는 전화기를 들었다.

아버지.

거기 서서 뭐 하는 거냐. 어서 들어와라.

아버지의 얼굴에 반가움이 가득 찼다. 수화기를 들지 않은 손으로는 안으로 들어오라는 손짓을 연신 해댔다. 휠체어에서 일어날 수 있었다면 아버지는 벌떡 일어서서 둘 사이에 가로막힌 유리문을 손으로 밀었을 것이다.

아버지, 오늘은 여기서 이야기해야 된대요.

무슨 그런 법이 다 있냐. 나쁜 놈들 같으니라고.

뭐 드시고 싶은 건 없으세요?

난 괜찮다. 훈이 너나 잘 먹고 다녀라. 좀 마른 것 같구나.

아버지는 이번에도 조를 둘째 아들로 착각하고 있었다. 늘 다정했고 아버지의 마음을 잘 알아주었던 동생은 아버지에게 여전히 살아 숨 쉬는 존재였다. 그러므로 기억을 갉아먹는 이 병이 아버지에겐 오히려 축복인 거라고 조는 생각했다. 사랑하는 아들의 죽음을 인지하지 못하니까. 인지하지 못하면 잃을 수도 없는 거겠지. 아버지의 쪼그라드는 뇌 속에 박제된 기억, 그 안에서 동생은 아직 살아 있는 것이다.

하지만 조는 두 사람 모두를 잃었다. 동생은 그의 세계에서 완전히 사라졌고, 아버지는 그와 다른 세계를 살고 있다. 병을 오래 앓은 아버지는 머지않아 이 병원 안에서 숨을 거둘지도 모른다. 조는 유리문 건너편에서 어린아이같이 무구한 표정으로 앉아 있는 아버지의 모습을 가만히 바라보았다. 아버지에게 지아를 만나게 해주고 싶었다. 더 늦기 전에.

아버지, 다음에 올 땐 제가 만나는 사람을 데려올게요.

오, 그래? 어떤 사람인지 궁금하구나.

꼭 같이 올게요. 그때까지 밥 잘 드시고요.

오냐, 오냐. 기다리마.

지아가 같이 와줄까. 어쩌면 섣부른 약속이었을지도 모르겠다고 그는 생각했다. 물론 아버지는 그가 한 약속을 기억하지 못할 것이다. 그러나 아버지가 이 모든 상황을 명확히 인지하지 못한다고 해도, 다만 세 사람이 얼굴을 맞대고 함께 존재하는 한 장면을 자신의 기억 속에 남겨두고 싶었다.

직원은 아버지가 타고 있는 휠체어를 끌고 다시 병동 안으로 들어갔다. 무언가 아쉬운 듯 계속 고개를 돌려 그를 바라보는 아버지의 얼굴은 복도를 지나가는 사람들로 인해 가려졌다 보였다 하다가 어느 순간 그의 시야에서 완전히 사라져 버렸다.

*

　조는 지아의 허벅지를 만지다가 손가락을 멈췄다. 분명 아무런 흔적도 없던 자리에 작고 동그란 상처가 새롭게 생겨나 있었다. 얇은 이불을 들추어 그곳을 보니 상처는 얼마 되지 않은 듯 붉게 부푼 상태였다.

　약을 사 올게.

　괜찮아.

　지아는 일어나려는 조를 붙잡았다. 조는 어쩔 수 없이 주저앉은 채 지아를 안았다.

　언제 그런 거야?

　그저께 밤에.

　또 꿈을 꿨어?

　응. 물속 깊이 가라앉다가 잠을 깼는데 여전히 물속에 있는 것만 같았어. 숨이 안 쉬어지고 가슴이 너무 답답해서…… 그런데 몸에 뜨거운 게 닿으면 내가 살아 있다는 게 느껴져. 다시 숨을 쉴 수 있게 돼. 참 한심하지?

　조는 말없이 지아의 머리카락을 쓸어내렸다. 아니, 하나도 한심하지 않아. 그냥 속상하고 마음이 아플 뿐이야. 그렇게 말해주고 싶었는데 말들은 입안에서만 맴돌았다. 한심한 건 오히려 자기 자신이라는 생각이 들었다. 동생에게도 아무런 말을 해주지 못했는데, 그 애를 그렇게 보내고 나서도 결국

달라진 게 아무것도 없는 것만 같았다. 뭐가 그렇게 두려운 거지? 왜 아무 말도 못해주는 거지? 그는 지아의 몸에 더 이상 상처가 생기지 않기를 바랐다. 주말만이 아니라 매일을 함께 지낸다면, 지아가 그 막막한 꿈에서 깨어났을 때 매번 등을 쓸어줄 수 있다면. 하지만 말이 되어 나오지 않는 수많은 생각의 갈래 속에서 그는 자꾸만 길을 잃었다.

회사에서 급하게 그를 찾는 전화가 걸려왔기 때문에 조는 지아가 도서관으로 출근하는 시간보다 일찍 나와야 했다. 수출품 선적 지연으로 인한 클레임 건을 오늘 중으로 해결하라는 것이었다. 정작 자신에게 중요한 일은 또다시 지연시켜놓은 채로, 손바닥만 한 기계 부품 따위를 외국으로 보내는 일에 시간을 쏟아야 한다는 사실이 그의 마음을 좀 울적하게 했다. 작은 방의 한구석에 몸을 웅크리고 앉아 손을 흔드는 지아를 보며, 조는 다음 주말에 만날 때는 마음속에 남겨둔 이야기들을 모두 해야겠다고 생각했다. 아버지에게 함께 가자는 말도.

지아의 집에서 나왔을 때 하늘은 구름으로 가득 차서 어둑어둑했고 가느다란 빗방울이 흩날렸다. 장마가 시작되는 건가. 조는 그들에게 폭우를 대비하라고 경고했던 건너편 할머니 집을 쳐다보았다. 그 집 앞에 언제나 놓여 있던 폐지와 고물은 하나도 보이지 않았고, 허술해 보이는 대문은 밖에서 자물쇠로 잠겨 있었다. 정말 어딘가로 대피를 한 걸까. 장마가 끝나면 다시 돌아오려나. 조는 버스 정류장을 향해 뛰었다. 빗방울들은 조가 뛰는 속도만큼 빠르게 그의 얼굴에 와닿았다.

*

조는 며칠 동안 내린 많은 비로 하천 몇 군데가 범람했다는 기사를 읽었다. 회사에 배달된 지역신문을 통해서였다. 인터넷에서 날씨 정보를 찾아보았지만 특별한 것은 없었다. 수도권이 아닌 지역의 하천 범람은 포털 사이트의 뉴스거리가 되지 않았다.

밤늦게 집에 돌아와 맥주를 한 캔 마신 그는 소파에 누워 책을 읽었다. 우수관을 통해 콸콸거리며 내려가는 빗소리가 점점 거세졌다. 집에 도착하자마자 지아에게 메시지를 보냈었는데 답은 오지 않았다. 조는 전화를 걸어볼까 하다가 그만두었다. 불면증이 있는 그녀가 간신히 짧은 잠에 든 시간일 수도 있었다.

조는 빗소리를 배경음악 삼아 한 시간쯤 책을 읽다가 불을 켜놓은 채로 잠이 들었다. 새벽녘에 잠이 깬 것은 천둥소리 때문이었다. 자리에서 일어나 발코니의 커튼을 열어보니 비가 어찌나 많이 쏟아지고 있는지 창밖이 제대로 보이지 않았다. 그 순간 세상의 반을 갈라놓는 것만 같은 빛이 번쩍거리더니 곧이어 천둥소리가 집을 흔드는 것처럼 울려댔다. 조는 시간을 확인하기 위해 휴대폰을 들었다. 화면을 켜자 지아로부터 걸려 온 부재중 전화가 여러 통 표시되어 있었다. 진동 소리를 못 듣고 잤던 모양이었다. 메시지 창을 열어보니 지아의 다급한 말들이 툭툭 튀어나왔다.

집 안으로 물이 들어오고 있어. 어쩌지?

전화 안 받네. 이거 보면 전화 좀.

지금 밖에 ㄴ

마지막 메시지는 완결조차 되지 않은 문장이어서 그를 더욱 불안하게 했다. 조는 휴대폰을 소리 모드로 바꿔놓지 않았던 자신을 탓하며 지아에게 전화를 걸었다. 송신음이 몇 번 울리더니 그냥 끊어져버렸다. 다시 걸어도 마찬가지였다.

내가 지금 갈게.

조는 지아에게 메시지를 보내놓고 대충 옷을 걸쳐 입은 뒤 우산을 들고 집을 나섰다. 택시 앱을 켜서 호출을 해보았지만 그에게 배차되는 택시는 없었다. 그는 큰길까지 뛰다시피 움직였다. 그사이에 옷과 신발이 다 젖어버렸다. 하지만 그보다는 도로에 차들이 거의 보이지 않는다는 게 문제였다. 드물게 지나가는 차들은 무자비하게 쏟아붓는 비 때문에 택시인지 승용차인지 잘 확인도 되지 않아서, 멀리서 차가 나타나면 무작정 손을 흔들었다. 그렇게 십여 분이 지났을 무렵 택시 한 대가 그의 앞에 섰다.

어디 가시려고?

기사는 조수석 창문을 열어 그에게 행선지부터 물었다. 그가 목적지를 말하자 기사는 거기까지는 갈 수 없다고 했다. 조는 근처까지만이라도 괜찮으니 부탁한다고, 택시비는 충분히 드리겠다고 사정했다.

타쇼.

택시에 타자마자 그는 지아에게 다시 전화를 걸었다. 여전히 통화는 되지 않았다. 자신이 보냈던 메시지도 그녀에게 도달하지 못한 채로 통신망 속에서만 부유하고 있었다. 택시 기사는 조가 말한 목적지에서 한참 떨어진 곳에 차를 세웠다.

더는 위험해서 못 들어가요.

조는 미터기에 찍힌 요금보다 두 배쯤 많은 돈을 지불하고 택시에서 내렸다. 비는 잠잠해질 기미가 보이지 않았다. 조는 우산을 펴지도 않은 채로 뛰기 시작했다. 지대가 낮아지는 곳에 다다르자 거세게 흐르는 빗물에 발목이 잠겼다. 곧이어 종아리가 잠기고 무릎이 잠겼다. 앞으로 나아가기가 점점 힘들어졌다. 물살을 헤치며 한참 동안 힘겹게 몸을 움직이자 마침내 무허가 주택들의 골목이 보였다. 빗물은 어느새 그의 허벅지를 넘어서 있었고, 바닥을 짚는 용도로 들고 있던 우산은 잠시 손아귀 힘을 놓은 순간 물살에 떠내려가버렸다. 허술하게 지어놓은 집들이 물에 잠기고 있는 중이었는데 동네는 이상하리만치 고요했다. 오직 빗소리만 골목을 가득 채우고 있을 뿐이었다. 모두 어디론가 대피를 한 걸까. 지아도 안전한 곳으로 함께 이동했을까. 문득 건너편 집 할머니가 했던 말들이 떠올랐다. 그는 마음이 조급해져서 발에 좀 더 힘을 주고 앞으로 나아갔다.

마침내 마지막 골목으로 들어섰을 때 그는 가슴이 철렁 내려앉는 것만 같았다. 그녀가 지붕 위에 홀로 앉아 있었던 것이다. 무릎을 세운 채로 그 사이에 얼굴을 파묻은 모습이었다. 조는 있는 힘껏 그녀의 이름을 불렀지만 그의 목소리는 빗소리에 파묻혀 그곳까지 닿지 않는 것 같았다. 조는 휴대폰을 꺼내 119에 전화를 걸었다. 짧은 송신음이 들리고 이내 전화가 연결되었으나 지지직거리는 잡음에 가려져 서로의 목소리가 제대로 들리지 않았다. 조는 전화를 끊고 그녀의 집을 향해 힘겹게 발을 옮겼다. 계속해서 이름을 부르며 소리쳤지만 지아는 쏟아지는 비를 고스란히 맞으며 얼어붙어버린 것처럼 미동도 하지 않았다. 좁은 골목을 가득 채운 빗물은 집 안에서 흘러나온 물건들을 목적도 없이 어디론가 실어가고 있었다. 장마가 끝나면 물이 흘러간 곳마다 수많은 유실물들이 쌓여 있겠지. 하지만 그 누구도 자신이 잃은 것들을 쉽게 찾을 수는 없을 것이다. 지금 당장 붙들지 못하면 그녀를 영영 잃어버릴 것만 같은데, 지아가 있는 곳은 도무지 그에게 가까워지지가 않았다. 그는 얼굴에 쏟아져 내리는 빗줄기를 손등으로 훔쳐내고 다시금 발을 내디뎠다. 그녀와 해야 할 이야기가 아직 너무도 많이 남아 있었다.

고대의 돌방무덤 같은 방에 선득하고도 축축한 공기가 떠다닌다. 해가 들지 않는 방의 오래된 곰팡내와 구석에 아무렇게나 놓아둔 소주병에 남아 있는 술 냄새, 상도의 몸에서 흘러나온 체액의 비릿하고 시큼한 냄새, 그리고 그의 목구멍 어디쯤 고여 있다가 날숨에 기어이 새어 나오고 마는 생의 무참함이 한데 뒤섞여 작은 방을 가득 채우고 있다. 그 공기는 이렇게 새벽 내내 방 안을 떠돌다가 더러운 벽지에 달라붙을 것이다. 달라붙어서 절대 떨어지지 않고 히죽거리며 나를 쳐다보고 내게 침을 뱉고 욕설을 퍼붓고 희롱하고 그러다 지겨워지면 나를 이미 죽은 사람 취급할 것이다. 그러면 이 방은 정말로 나의 무덤이 되고 만다.

언제나 그럴 것이 뻔했고, 뻔하고 뻔해서 남아 있는 생이 지긋지긋했고, 새벽에 깨어 이 끔찍한 공기와 냄새 속에 둘러싸여 있다는 것을 자각하면 매번 죽고 싶었다. 살아 있는데 죽은 사람으로 취급당하는 것이 아니라 정말 죽은 사람이 되고 싶었다. 그러면 좋을 것 같았다. 그것만이 유일하게 좋은 일 같았다.

상도는 그런 내 마음을 알지 못했다. 아무것도 몰라서 다행이라고 생각했다. 어설프게 알 바엔 차라리 그 편이 나았다. 그는 눈에 보이는 것이 전부인 사람. 그 옛날 내가 보아왔던 어른들과 크게 다르지 않은 사람. 그래서 나는 상도와 함께 있어도 온전히 채워지지 못했지만 동시에 홀가분했다. 언젠가 내가 모든 것을 끝내더라도 그에게 너무 긴 상처를 남기지는 않을 것 같았기 때문이다. 물론 그는 술을 마시고 울 것이다. 내가 없어지면, 조금은 후회를 할 것이다. 그러다 사람들과 괜히 싸우고 또 술을 마시고 남은 내 물건들을 집어 던지며 비루한 욕설을 퍼붓고 잠들었다가 다음 날 숙취에 시달리는 날들을 한동안 이어갈 것이다. 그러다 차츰 나를 잊을 것이다. 나의 마음을 모르니까, 마음을 모르면 잊기가 쉬우니까, 그렇게 오래 걸리지는 않을 것이다. 그다음엔 술을 마시고 여자를 데려올 것이다. 이 무덤 같은 방에, 습지 생물처럼 축축하게 늘어진 몸끼리 부둥켜안은 채 휘청거리며 들어와 쫓기듯이 몸을 섞고 죽은 것처럼 잠들 것이다. 그리고 다시 이전의 삶을 살아갈 것이다. 마음을 모르면, 그 존재가 없어지더라도 결국 다른 무엇으로 대체가 가능하다. 나는 그렇게 믿고 있고, 그것은 절망스러우면서도 다행한 일이다. 상도에 대한 사랑은 이제 바닥까지 말라붙었지만 가끔은 그가 너무 불쌍하고, 그래서 훗날 나의 부재가 그를 너무 아프게 만들지는 않았으면 하고 생각하기 때문이다.

천천히 몸을 일으켜 어둠 속에서 상도의 얼굴을 내려다본다. 다른 사람인 것처럼 순하고 조금은 슬퍼 보이는 얼굴. 무방비의 얼굴. 이런 얼굴을 보면 자꾸 마음이 약해진다. 내가 보지 못했던 그의 지난날들에 고배율 망원경을 들이댄 것만 같다. 몸집이 큰 어른에게 주먹질을 당하고 구석에 웅크려 울고 있는 어린애가 문득 내 시야로 들어온다. 그래서 잠든 그의 얼굴을 보면 매번 결심을 유예하게 된다. 나는 상도의 얼굴에 이불을 끌어올려 덮어버린다. 잠시 후 그가 이불 속에서 고개를 흔들더니 손으로 이불을 끌어내리고 몸을 조금 뒤척인다. 잠시나마 순했던 얼굴이 찡그려져 미간에 주름이 잡힌다. 그래, 이런 얼굴. 보통의 너의 얼굴. 술에 취한 채 더러운 말의 조각들을 가래침처럼 내뱉을 때, 나를 폐신문지처럼 마구 구겨버릴 때, 아침이 되어 고개를 숙인 채 미안하다고 말할 때조차 찡그려진, 자신에게도 타인에게도 늘 화가 잔뜩 나 있는 얼굴. 이런 너의 얼굴을 나는 끝까지 마주할 것이다. 마지막 순간에 나는 누구에게도 미안해하지 않을 것이다.

*

　　수업 내용을 노트에 메모하던 중에 무경의 시선이 내 손목에 와닿는 것을 느꼈다. 왼쪽 손목 주변에는 지난밤의 흔적들이 푸르게 남아 있었다. 나는 말려 올라간 소매를 내려 손등까지 덮었다. 무경이 나와 눈을 마주치고는 서둘러 고개를 돌렸다.

　　무경은 도서관에서 '설화의 세계와 인간의 삶'이라는 인문학 강의를 하고 있었고 이번이 일곱번째 시간이었다. 내게는 무척 힘든 수업이었다. 강의가 너무 어렵다거나 재미가 없어서가 아니라, 나 자신의 한계 때문에 무력감을 느끼는 순간이 자주 찾아왔다. 무경은 쉬운 말로 이야기했지만 그렇다고 그 속에 담긴 내용이 간단한 것은 아니었다. 나는 사실 첫 시간부터 그가 하는 이야기들에 매료되었는데, 그렇게 그의 언어에 빠져드는 것과는 별개로, 그가 하는 말을 제대로 이해하고 내 것으로 만들기 위해서는 엄청난 양의 독서와 사고가 필요하다는 것을 알았다. 하지만 내게는 그럴 만한 여유나 시간이 없다는 것 또한 잘 알고 있었다. 무덤처럼 어둡고 축축한 방 말고, 내가 있는 자리가 곧 무덤이 되는 그런 현실 말고, 또다른 세계가 존재하고 있다는 것을 겨우 알아챘는데 건너갈 수가 없다는 것. 그 사실이 나를 울적하게 만들었다.

　　나 말고 다른 수강생들은 모두 나이가 지긋한 이들이었다.

수업 전 두런거리는 이야기를 들어보니 다들 지역 도서관의 무료 강좌들을 섭렵하고 다니는 것 같았고 이런 수업에 익숙한 듯 보였다. 그들은 무경의 말에 고개를 끄덕이고 질문을 했으며 쉬는 시간에는 서로 토론을 하기도 했다. 나는 구석 자리에 앉아 조용히 수업만 들었다. 도서관에 이런 강좌가 있다는 것을 처음 알았고, 설령 이전에 알았다 하더라도 쉽사리 수강 신청을 하지 못했을 것이다. 그날 H읍에서 무경을 마주치지 않았더라면 여전히 몰랐을 세계였다.

나는 그날 엄마를 만나러 시외버스를 타고 그곳에 갔었다. 엄마가 삼십 년 넘게 다방을 운영해온 H읍은 내가 자란 곳이기도 했다. 그리 높지 않은 산의 능선이 우아하게 펼쳐진 아름다운 마을이었지만 언제나 그곳을 떠나고 싶었고 떠나온 후로는 다시 돌아가고 싶지 않았다. 내가 좋아했던 많은 것들, 이를테면 가을밤마다 들려오는 풀벌레 소리, 학교 가는 길에 언제나 마주치던 하얀 들개 두 마리, 매일 조금씩 달라지는 논의 풍경, 학교 옆 작은 책방, 바람이 불면 은근히 풍겨오던 달큰한 감꽃 냄새 같은 것들, 그런 것들이 그리워질 때에도 그곳을 구체적으로 떠올리지 않으려고 노력했다. 기억은 질서 없이 뒤섞여 있었고, 좋은 것들만 선별적으로 떠오르지는 않았으니까.

H읍은 아름다운 동시에 추악했다. 실은 H읍이 아니라 다른 어느 곳이었어도 마찬가지였을 것이다. 나는 밤길을 배회

하는 어린 고양이처럼 조그맣고 겁먹은 여자애였고, 다방에
드나드는 어른들은 딱 그만큼의 존재로 나를 취급했다. 미성
년자인 나를 보호할 마음은 조금도 없었다. 나는 홀 안쪽에
딸린 방에서 엎드려 숙제를 하다가 엄마가 부르면 뛰어나가
손님들의 담배 심부름을 도맡았다. 때로는 방을 비워줘야 할
때도 있었다. 주기적으로 벌어지는 도박판의 멤버들이 모여
들거나, 대낮부터 술에 취한 손님이 들어와 방을 차지할 때였
다. 엄마의 다방을 스쳐 간 수많은 김양 언니들은 티켓 손님
이 생기면 어디론가 나갔다가 조금 지친 얼굴로 들어오곤 했
는데, 가끔 어떤 손님들은 만취한 상태로 찾아와서 티켓을 끊
고 방을 좀 쓰자고 하는 경우도 있었다. 그러면 엄마는 곤란
하다는 표정을 짓다가도 결국 방을 내어주었다. 나는 그 방에
서 어떤 일들이 벌어지는지, 누가 말해주지 않아도 다 알았
다. 어른들은 내게 아무것도 조심하지 않았으므로, 나는 그들
이 내뱉는 추잡하고 지저분한 낱말들을 조합해서 보이지 않
는 방 안의 일들을 모조리 짐작할 수 있었다. 그러나 그 방을
드나들던 사람들 중 하나가 내게 했던 짓에 대해서는 어떤 어
른도 짐작하지 못했다. 나는 차라리 그 일을 나 혼자 알았으
면 했다. 나하고 그 사람, 둘만 알고 있다는 사실이 끔찍하게
싫어서 그 사람이 빨리 좀 죽어줬으면 했는데 여든이 넘도록
잘만 살아 있었다. 너무도 건강하고 생생하게 살아 있어서,
그를 마주칠 때마다 차라리 내가 죽는 것이 빠를까, 하고 생

각했다.

그날 무경은 다방의 낡은 테이블 위에 녹음기를 올려두고 수첩과 펜을 든 채 술에 취한 엄마의 이야기를 듣고 있었다. 무얼 하고 있는 거냐고 묻자 마을의 공동체적 공간에 대해 글을 쓰기 위해 인터뷰 중이라고 그가 대답했다. 그러나 엄마는 이미 만취해 있었고 질문과는 전혀 상관없는 말들을 횡설수설하는 중이었다.

엄마, 이제 그만해.

야, 내가 인터뷰를 다 해본다, 어? 돈도 받았다. 그러니까 말을 더 해야 돼. 내가. 할 말이 많은 사람이라고.

혀가 꼬이고 눈이 풀린 엄마를 일으켜 세워 억지로 방에 데려가 눕혔다. 몇 달 전 위장관 출혈로 피를 토하고 병원에 며칠 입원을 해놓고도 여전히 매일 술을 마시는 것 같았다. 치료센터에 가자고 설득해볼 작정으로 왔지만 이미 틀린 일이었다. 나는 홀의 소파에 우두커니 앉아 있는 무경에게 사과를 하고 사례금은 돌려드리겠다고 했다. 무경은 아니라고, 이야기는 충분히 들었다고, 두 손을 휘휘 저은 다음 내게 허리를 숙여 인사하고 녹음기와 수첩을 챙겨 나갔다. 나도 홀의 불을 끄고 가방을 멘 채 문을 열고 나왔다. 엄마의 옆에서 하룻밤을 자고 다음 날 아침에 이야기를 해볼 수도 있었겠지만 그곳에 더는 있고 싶지 않았다.

차에 시동을 걸던 무경이 나를 보고 어디로 가냐고 물었다.

B시로 간다고 대답하자 나를 물끄러미 쳐다보더니 자기가 가는 곳도 B시라며 차에 타라고 했다. 나는 조금 망설이다가 목례를 하고 조수석 문을 열었다. 읍내의 버스 정류장에서 터미널로 가는 버스를 기다리다가 H읍 사람들을 마주치는 것이 싫었기 때문이다. 어, 정다방 딸내미! 하고 반갑다는 듯이 어깨를 툭툭 치는 사람들에게 억지로 웃어주고 싶지 않았기 때문이고, 지나가는 사람 중에 혹시나 그 노인을, 조금의 미안함이나 죄의식도 없이 나를 보고 징그럽게 웃는 그 얼굴을 다시 보게 될까 봐 두려웠기 때문이다.

B시로 가는 차 안에서 착잡한 마음으로 입술만 깨물고 있었다. 엄마에 대한 생각 때문에 마음이 지쳐버린 데다 H읍에 올 때마다 더욱 선명해지는 어떤 기억들, 그리고 내가 다시 돌아가야 할 곳마저도 실은 이곳과 그리 다르지 않다는 생각에, 산비탈에서 아무도 모르게 굴러떨어지고 있는 볼품없는 돌덩어리가 된 기분이었다. 그때 무경이 말했다.

어둑시니라는 귀신 알아요?

무서운 이야기 안 좋아하는데.

기본적으로, 어두울 때 나타나는 귀신입니다.

나는 그의 얼굴을 한번 쳐다봤다가 좌우를 두리번거렸다. 어둠이 짙게 깔린 국도변에는 아무것도 보이지 않았고 자동차의 헤드라이트로 비춘 근거리만 비현실적으로 밝았다.

누군가 두려운 마음으로 그걸 쳐다보면 어둑시니는 자꾸

커져요. 올려다보면 올려다볼수록 한없이 커져서 결국 그 사람은 어둑시니에게 깔려버립니다.

어쩐지 비참해지는 기분이었다. 살아 있다는 것 자체가 매번 짓이겨지고 뭉개지는 과정 같았는데 귀신한테까지 깔려버린다니 서글프기 짝이 없었다. 차라리 흔하게 떠도는 무서운 이야기를 듣는 편이 더 나을 것 같았다.

그렇게 점점 커지는 어둑시니가 보이면요, 올려다보지 말고 내려다보세요.

왜요?

그럼 점점 작아지고, 계속해서 작아져요. 그렇게 작아진 어둑시니와 눈을 마주치면, 어둑시니는 마침내 사라집니다.

왜인지는 모르겠지만 그 말을 듣는 순간 눈물이 쏟아지고 말았다. 처음 보는 사람 앞에서 그렇게 울어버린 것이 당황스럽고 민망해서 어떻게든 그쳐보려고 했는데 이상할 정도로 눈물은 자꾸 흘러나왔다. 오히려 무경은 그런 나를 보고도 덤덤했다. 다만 차를 갓길 한쪽에 잠시 세우고 내게 손수건을 건넸다. 나는 차 문을 열고 밖으로 나가 한참을 울었다. 갓길 아래쪽 논에서 아직 덜 자란 벼들이 바람결에 서로의 몸을 부딪치며 스스스스, 하고 소리를 냈다. 무경의 손수건에서는 새벽이슬에 젖은 풀 냄새가 났다.

이제 갈까요?

내 울음이 멎을 때쯤 무경이 차에서 나오더니 조수석 문을 열어주었다. 그 잠깐 동안 차 안의 공기는 조금 달라져 있는 것 같았다. 나는 눈물이 묻은 그의 손수건을 두 손으로 계속 쥐고 있었다.

무경이 아무것도 묻지 않아주어서 다행이었다. 그는 내게 뭔가를 묻는 대신 자신이 쓰려는 글에 대해 이야기했다. 그 이야기를 할 때 무경의 목소리는 더욱 선명하고 크게 들렸다. 작은 공동체가 어떻고, 공간이 가진 힘이 어떻고…… 그런 이야기를 그렇게 신이 나서 하는 사람을 나는 처음 보았고, 그의 이야기가 나를 다른 시공간으로 데려다 놓는 것 같아서 울적했던 기분이 나아지기도 했는데, 마음과는 다르게 괜한 심술을 부렸다.

그런데요…… 직접 살아봐야 거기가 어떤 곳인지 아는 거 아니에요? 이야기만 잠깐 듣고 어떻게 알아요? 진실만 얘기하는 것도 아니고…… 전부 다 말하는 것도 아닌데.

무경은 내 말을 듣더니 그건 그래요, 하며 순순히 고개를 끄덕였다. 그러고는 자신이 맡은 인문학 강좌 이야기를 꺼냈다. B시의 구립도서관에서 강좌를 맡았고 곧 개강을 할 텐데 신청 인원이 너무 적어서 폐강될지도 모르겠다며, 혹시 시간이 되면 함께 공부를 해보면 어떻겠냐는 것이었다. 그런 강의는 단 한 번도 들어본 적이 없었지만, 나는 엄마가 무경에게 저지른 실례를 대신 갚는다는 생각으로 그의 수업에 수강 신청을 했다. 그러나 그것이 단순한 인사치레로 끝날 만한 일이 아니라는 사실을 그때는 몰랐다. 강좌를 듣기 시작하면서 내 마음속에 차오르던 벅찬 감정들은 구슬픈 메아리를 남기며 멀고 낯선 땅으로 내달렸다. 어떻게든 얻어내고 싶은 것들이 생겨버렸으나 동시에 그 모든 걸 차라리 몰랐으면 싶었다. 무덤 속에서 허우적거리는 주제에 이런 꿈은 사치가 아닌가 하고 자꾸만 되묻게 되었다.

*

내가 좋은 걸 가져왔다. 너를 주려고.

상도가 내민 플라스틱 생수통에는 초고추장처럼 새빨간 액체가 들어 있었다. 그것은 공격적으로 느껴질 만큼 선명하게 붉었고 나는 순간적으로 몸을 주춤했다. 상도가 그런 나를 보고 피식 웃으며 붉은 생수통을 내 눈앞으로 들이밀었다. 그의 미간 주름이 모처럼 펴졌다.

이게 뭔데?

사슴 피. 오늘 사슴 농장에서 가져왔지. 뿔 자르고 그 자리에서 바로 받은 피다.

그걸 왜?

이게 일당보다 더 귀한 거야. 기력 회복하는 데는 이만한 게 없다니까.

난 됐어. 네가 먹어.

야, 내가 너한테 금붙이는 못해줘도 이 정도는 해줄 수 있다고. 내가 이거 가져오려고 다른 새끼들한테 얼마나 눈총을 받았는지 너는 모를 거다.

나는 금붙이도 사슴 피도 원치 않았다. 내가 바랐던 것은 그런 것이 아니었다. 이제는 더 이상 바라는 것조차 없는데, 그는 오래된 피딱지처럼 볼품없이 굳어버린 내 마음도 모르고 엉뚱한 방향으로 애를 썼다. 차라리 아무것도 하지 않으면 좋겠는데. 그의 방식대로 애쓰는 노력들이 나는 더 힘겨웠다. 상도는 뚜껑까지 열어서 그 핏물을 내게 내밀었고 나는 그것을 마지못해 받아 들었다.

숨 쉬지 말고 그냥 쭉, 한번에.

나는 잠시 머뭇거리다가 상도의 부추김에 못 이겨 숨을 멈춘 채 핏물을 들이켰다. 하지만 숨을 쉬지 않아도 피비린내가 입안을 가득 채웠다. 구역질이 나는 것을 참으며 삼분의 일쯤까지는 마셨는데 더는 안 될 것 같았다.

더 마시면 토할 것 같아.

상도는 그런 나를 보며 짧은 한숨을 내쉬더니 남은 핏물을 벌컥벌컥 마셨다. 나는 화장실로 가서 입술 주변에 묻은 사슴의 핏자국을 닦아내고 입안을 여러 번 헹궜다. 하지만 아무리 헹궈도 내가 숨을 내쉴 때마다 여전히 피 냄새가 나는 것만 같았다. 멍든 손목은 다시금 욱신거리며 아파왔고 그 순간 내게서 무언가가 잘려 나간 것 같은 기분이 들었다.

그날 밤은 유난히 잠이 오지 않았다. 몇 시간을 뒤척이다가 겨우 잠이 들었는데, 꿈속에서 뿔이 잘린 채 피를 흘리며 돌아다니는 사슴들을 보았다. 그들은 거대한 철제 울타리에 몸을 쿵쿵 박으며 비명 같은 울음소리를 냈다. 나는 울타리의 잠금장치를 풀고 문을 열었다. 그러나 단 한 마리도 울타리 밖으로 나오지 않았다. 그새 자란 사슴의 뿔은 또다시 잘려 나갔고 그 자리에서 흘러나온 핏물은 울타리 안의 땅을 붉게 물들였다. 나중에는 땅을 적신 핏물이 흘러 내 발까지 적실 것 같았기에 나는 무작정 도망을 쳤다. 길도 모르면서 마구 뛰다가 낭떠러지 같은 곳으로 떨어지면서 잠에서 깼다. 깊이 잠들어 있는 상도에게서 비릿한 냄새가 풍겨왔다. 나는 두 손바닥을 내 입에 갖다 대고 후, 하고 숨을 내쉬었다. 내 입에서도 여전히 피비린내가 나는 것 같았다. 죽을 때 마지막으로 맡는 냄새는 부디 이런 것이 아니었으면 좋겠다고 생각했다.

*

며느리한테 학대를 당했던 할머니가 죽어서 구렁이가 되었습니다. 며느리는 구렁이를 보고 끓는 물을 한 바가지 끼얹었습니다. 살아서도 작작거리더니 죽어 구렁이가 되어서도 작작거린다고요. 구렁이는 뜨거운 물에 데어서 허물이 군데군데 벗겨졌습니다. 구렁이가 할 수 있는 일은 앞뜰 배추밭을 기어다니면서 배추에다 몸을 문지르는 것뿐이었어요. 배추가 약이 된다는 걸 알았거든요. 할머니의 아들은 그런 구렁이를 보고 아무 말 없이 지푸라기를 엮어 둥우리를 만들었습니다. 구렁이는 그가 만든 둥우리 안으로 스르르 들어갔어요. 아들은 그걸 짊어지고 절마다 찾아다니며 구렁이에게 염불 소리를 들려주었습니다. 구렁이가 된 그 할머니에게 염불 소리는 어떻게 들려왔을까요? 여러분에게도 그런 소리가 있습니까?

무경은 마지막 수업을 그렇게 끝맺었다. 죽어서도 결코 구렁이가 될 것 같지는 않은 할머니들이 무경에게 감사 인사를 하고 강의실을 하나둘 빠져나가는 동안 나는 필기구와 교재를 정리하지도 않고 가만히 앉아 있었다. 도무지 정리할 마음이 나지 않았다.

미안합니다. 재미도 없는 수업을 두 달이나 듣게 해서. 그래도 결국은 끝이 났습니다.

고개를 돌려 창문 밖을 바라보았다. 창밖 풍경이 물속처럼 흐릿했다. 아무 인사도 하고 싶지 않았다. 구렁이니 염불 소리니 그런 이야길 해놓고 끝이라고, 그러면 다인가, 하는 생각이 들어서 괜스레 서운하고 속이 상했다.

이제 어디로 가시는데요?

나는 여전히 무경의 얼굴을 보지 않고 물었다. 이 수업이 끝났으니 다른 곳에서 새로운 수업을 할 예정이냐는 뜻이었는데 무경은 절에 간다고 대답했다. 여기서 그리 멀지 않은 곳에 작은 절이 있다고, 거기에는 아주 오래된 황벽나무가 있다고 했다.

무구정광대다라니경을 만들 때 황벽나무 속껍질로 물을 들였대요. 천년도 훨씬 넘은 인쇄물이 아직까지 보존될 수 있었던 게 그 때문이라고 하더라고요.

같이 가도 돼요?

그렇게 물어놓고 나는 고개를 푹 숙였다. 이건 아마도 구렁이 이야기 때문일 거라고, 혹은 숨을 내쉴 때 목구멍에서 여전히 흘러나오는 것만 같은 피 냄새 때문일 거라고 나는 마음속으로 애써 변명을 했다. 하지만 실은 그저, 끝을 조금만 더 유예하고 싶었던 것일지도 모른다.

*

언젠가 나는 죽음을 선택할 것이다. 죽음이 다가오는 날까지 기다리는 것이 아니라, 내가 결정할 것이다. 그것은 나의 유일한 희망이다.

그렇게 생각했다. 스스로 죽을 수 있다는 사실만이 오직 다행스러웠다.

그러나 지금은 그런 생각을 할 수가 없다. 그의 언어에 닿고 싶고, 그것은 너무나 먼 곳에 있고, 나에게는 시간이 필요하다.

상도가 욕설을 내뱉으며 굳은살이 박인 커다란 손바닥으로 내 머리를 칠 때에 나는 무경의 언어를 생각했다. 상도가 덫에 걸린 짐승처럼 울부짖으며 소주병을 바닥에 던질 때에도 나는 책을 읽고 생각할 시간이 필요하다는 마음뿐이었다. 그랬으므로, 새벽에 잠에서 깨었을 때, 코를 골며 자고 있는 상도의 몸을 넘고 방바닥의 깨진 유리 조각들을 건너 부엌으로 나왔다. 불을 켜고 무경에게서 받은 책을 가방에서 꺼내 들고 싱크대 옆 벽에 기대어 앉았다. 짙은 올리브색 표지의 두꺼운 책이었다.

잠 안 올 때 읽어보세요.

무경의 차에서 내렸을 때 그는 차 뒷문을 열고 종이 가방에서 책을 한 권 꺼내 나에게 건넸다. 『이야기: 생의 연결』이라는 책이었고, 제목 아래에 그의 이름이 적혀 있었다.

책을 쓰셨네요.

별로 재미는 없을 거예요.

무경은 다시 종이 가방 속을 뒤적거리더니 밤톨만 한 유리병 하나를 꺼냈다.

이건 제가 할머니에게서 배운 방법대로 만든 연고입니다. 톱풀 잎을 올리브유에 담가두었다가 밀랍을 섞어 만든 거예요. 상처 난 곳이나 타박상 같은 데 바르면 꽤 괜찮습니다.

할머니가 아직 살아 계세요?

아뇨, 하지만 할머니에 관해서라면 아직 남아 있는 것들이 많습니다.

나는 무경이 건네는 연고를 받기 위해 손을 내밀었다. 왼쪽 손목에 검푸르게 남은 멍이 소매 바깥으로 드러났다. 무경의 시선이 내 손목에 잠시 머물렀지만 이번에는 소매를 애써 끌어내리지 않았다.

건강히 잘 지내세요.

무경의 단정한 인사말에 나는 잠시 그의 얼굴을 쳐다보았다가 고개를 꾸벅 숙이고 뒤돌아 걸었다. 그동안 고마웠다거나 잘 다녀오라거나 다시 만날 수 있으면 좋겠다는 말들이 마음속에 맴돌았는데 무슨 말이든 했다가는 그 자리에 풀썩 주저앉아버리게 될 것만 같아서 도저히 할 수가 없었다. 나는 다만 무경에게서 받은 책과 연고를 품에 꼭 안고 걸었다. 끝까지 돌아보지 않고 간신히 걸었다.

무경은 열흘 뒤면 소수민족의 설화를 연구하기 위해 중국의 어느 시골 마을로 떠난다고 했다. 천년 전의 사람들은 지금 없지만 그들의 이야기는 여전히 남아 있고, 언어에는 시간과 공간을 뛰어넘는 힘이 있다고, 그는 황벽나무의 두꺼운 겉껍질을 뜯어내며 말했다. 무경이 겉껍질을 뜯어낸 자리에 비현실적이고 기묘하게 느껴질 정도로 샛노란 속껍질이 드러났다.

중국이라니. 그곳은 나에게 현실로 존재하지 않는 장소였다. 내 삶에는 H읍과 B시가 전부였다. 그 외의 공간은 떠올려본 적도 없었다. 그랬기 때문에 나는 중국의 어느 시골 마

을에 있는 무경의 모습이 구체적으로 그려지지 않았고, 무경
과 함께 절을 산책하는 내내 돌덩이 같은 마음을 떨칠 수가
없었다. 언어가 되지 못한 생각들은 발걸음을 내디딜 때마다
바닥으로 무겁게 내려앉았다.

*

나는 죽어야 돼.

상도는 부스스한 제 머리를 마구 헝클이며 울먹이는 목소
리로 말했다. 하지만 그건 잠시 부는 바람결에도 금세 흩어지
는 말이라는 것을 나는 알고 있었다. 정말로 죽으려는 사람은
그런 말을 하지 않는다. 그냥 혼자 생각하고 또 생각하다가,
마지막에 실행으로 끝낼 것이다. 그 옛날 내가 좋아했던 작은
책방의 주인아저씨처럼.

내가 진짜 이제는 술을 끊는다.

상도의 한숨에서 아직 분해되지 못한 알코올 냄새가 쏟아
졌다. 몇 번이고 다짐해놓고 지키지 못한 약속들은 어지럽게
공중을 떠돌았다.

미안하다, 정말.

이건 진심일까. 진심이라 해도 이제 별로 중요하지가 않다
는 생각이 든다. 어느 시절에는 가장 중요했던 것들이 이제
아무것도 아닌 게 되어버렸다는 사실만이 다만 쓸쓸하다. 나

는 책을 덮고 상도의 얼굴을 올려다보았다. 형광등 빛을 등지고 서 있어 안 그래도 어두운 낯빛이 더욱 검게 보였다.

……지금 몇 시야?

여덟시.

좀 더 자지…… 왜 벌써 일어났어. 오늘 일 없잖아.

상도의 얼굴이 묘하게 일그러졌다.

사과 안 받을 거면 차라리 화를 내라고!

화를 내고 싶지 않아.

너는…… 참 이상한 방식으로 사람을 더 나쁘게 만든다.

상도는 한참 나를 내려다보더니 싱크대 위에 있던 컵에 수돗물을 받아 벌컥벌컥 마시고 밖으로 나가버렸다. 나는 닫힌 문을 가만히 바라보았다. 정말 그런 걸까. 내가 상도를 더 나쁘게 만드는 걸까. 내가 문제인 걸까. 옆에 있는 사람이 내가 아니었다면 그는 더 좋은 사람일 수 있었을까.

나는 무경의 이름이 적혀 있는 책의 표지를 손가락으로 가만히 쓸었다. 작은 부엌의 벽에 기대앉아 책을 읽고 있는 동안 내게서는 시간도 공간도 사라졌다. 무덤 같은 집도, 끝나지 않을 것 같던 어둠의 시간도, 나를 향해 쏟아지던 더러운 말들과 시궁창 같은 기억들도 모두 사라졌다.

그 노인이 엄마의 다방에 들를 때마다 뒷문으로 몰래 나가 숨어 있곤 했던 작은 책방. 그곳에서 아무 책이나 꺼내 들고 읽으며 시간을 보내던 그때도 그랬다. 나를 둘러싼 모든 것들이 사라지고 오직 글자와 나만 있던 그 순간. 다리 한쪽을 조금 절던 책방의 주인은 구석에 쪼그려 앉은 내게 나지막한 나무 의자를 내어주었다. 책방 문을 닫을 시간이 지났는데도 내가 갈 때까지 불을 끄지 않고 기다려주던 그는 H읍에서 내가 유일하게 좋아했던 어른이었다. 그러나 그는 내가 열다섯 살이 되던 해에 사라졌다. 그 마을에서뿐만 아니라 이 세상에서 영영 떠나버렸다. 사람들은 한동안 그의 죽음에 대해 수군거렸고 책방 문은 다시 열리지 않았다. 숨을 곳을 잃은 나는 다방에서 그 노인의 얼굴을 마주하지 않기 위해 시골길을 마냥 돌아다녔다. 그러나 길을 배회하는 동안에는 진흙탕처럼 나를 휘감고 있던 것들이 사라지지 않았다. 오히려 선명하게 구체화될 뿐이었다.

나는 무경의 책에 새겨진 활자들을 천천히 읽으며 정말로 상도가 좀 더 오래 잠들어 있었으면 했다. 이 밤이 조금만 더 길었으면, 아침이 조금만 더 늦게 왔으면, 하고. 무경이 전하는 이야기들을 더 읽고 싶었고, 제대로 이해하고 싶었고, 그가 각주와 미주에서 언급한 다른 책들을 모조리 찾아 읽고 싶었다. 수많은 갈래로 펼쳐지는 세계. 그 낯선 길 위에서 매번 허물을 벗는 일. 그러기 위해서는 시간이 필요했다. 상도의 다짐이나 사과 같은 것이 아니라, 오직 나 홀로 읽고 생각할 시간이.

*

옛날이야기 하나 해줄까요? 옛날 어느 마을에서 아이들이 초상 놀이를 하면서 놀곤 했어요. 절굿공이 하나를 가져다가 고인으로 삼고, 한 아이를 상주로 세워 곡을 하면서 따라가게 한 겁니다. 그 마을에 일찌감치 고아가 되어 부모의 얼굴도 무덤도 모르는 아이가 있었는데 상주 역할은 그 애가 맡아놓고 했대요. 처음에는 그 아이도 장난으로 우는 척했지만 날이 갈수록 부모가 없다는 사실이 서러워져 진짜로 울게 된 거예요. 초상 놀이가 끝나고도 그 아이는 절굿공이를 묻어놓은 곳을 찾아가 어머니의 무덤이라 여기며 울고 말하고 빌었어요. 그러던 어느 날 무덤 앞에 무지개가 나타났는데, 그 무지개가 아이의 발끝에 닿아서 아이를 하늘로 데려갔대요.

슬프네요.

슬픈가요?

사라졌으니까요.

그래도…… 이야기는 남았습니다.

그럼 된 건가요?

된 거라기보다는, 그렇게라도요.

……

그러니까, 이야기를 남겨요.

그걸 누가 읽을까요.

누군가는 읽어요.

그럴까요.

누군가가 그 이야기를 읽고, 다시 무언가를 쓸 겁니다. 그렇게 이어져요. 사라지지 않습니다.

보잘것없는 이야기여도요?

보잘것없는 이야기는 없어요. 어떻게 남기고 어떻게 읽느냐가 중요할 뿐입니다.

*

무경과 함께 갔을 때는 금방이었는데 혼자 산을 오르려니 꽤 먼 길이었다. 알려지지 않은 작은 절이어서 딱히 표지판 같은 것도 없었다. 어쩌면 길을 잃을 수도 있겠다는 생각이 들었지만 별로 걱정은 되지 않았다.

이렇게 혼자 산을 오르게 되는 일은 삶의 마지막 순간뿐일 거라고 생각했는데. 인적이 없는 깊은 산속 어느 바위에 앉아서 마지막으로 울고, 늙은 나무의 시든 잎처럼 아무도 모르게 떨어지는 그 순간만을 상상했는데. 그런데 지금 내게는 다른 생각들만 맴돌았다. 무경은 지금쯤 낯선 나라의 시골 마을에 도착했을까. 그가 찾는 이야기들은 어떤 것일까. 내가 이야기를 남기면 언젠가는 그에게도 전해질까. 그런 생각들.

며칠 전 엄마에게 짐을 맡겨두기 위해 H읍을 다시 찾아갔을 때, 나는 읍내 버스를 기다리다가 정류장 앞 농협에서 걸어 나오는 노인을 마주쳤다. 그는 예닐곱 살쯤으로 보이는 손녀의 손을 잡고 있었다. 아이는 노인의 손에 의지해 나풀거리며 계단을 뛰어 내려오는 중이었다. 노인은 정류장 의자에 앉아 있는 나를 발견하고는 그동안 수없이 그랬듯이 주름진 얼굴을 일그러뜨려 기분 나쁘게 웃었다. 오로지 나만 알고 있는 그 진흙 같은 웃음. 마주하기가 두려워서 매번 눈을 피했던, 그럴수록 집요하게 나를 훑던 노인의 눈빛. 나는 처음으로 노인의 눈을 똑바로 바라보았다. 잠시 동안 여전히 입술을 씰룩거리며 웃던 노인은 내가 시선을 피하지 않자 곧 표정이 굳었다. 나는 계속해서 그의 눈을 쳐다보았다. 처음으로 노인의 눈빛이 흔들렸다. 그리고 그는 무슨 이유에선지 손녀를 자기 쪽으로 끌어당겼는데, 그 순간 아이는 균형을 잃고 넘어지고 말았다. 아이는 울음을 터뜨렸고 노인은 당황하며 허리를 굽혀 아이를 일으켜 세우려 했다. 그러나 아이는 바닥에 주저앉아 울기만 할 뿐 일어나지 않았다. 내 눈앞에서 구부정하게 몸을 숙인 채 어쩔 줄 몰라 하는 노인을 보며 나는 마침내 소리 내어 웃었다. 그리고 그가 작은 점이 되어 내 시야에서 사라질 때까지 끝까지 눈길을 거두지 않았다. 그 순간 나는 거대하고 두려운 어떤 존재가 소멸하는 것을 홀로 목격한 것만 같아 어디에든 발설하고 싶은 욕망에 사로잡혔다.

이야기를 남겨요.

누군가는 읽어요.

잎이 무성한 나무들 사이로 무경의 목소리가 들려오는 것 같았다. 이 어디쯤이었나. 그가 데려가주었던 작은 절이 그리 멀지 않은 곳에 있을 거라는 느낌이 들었다. 나는 잠시 땀을 식히기 위해 작은 바위에 걸터앉아 물을 한 모금 마시고 가방에 있던 책을 꺼냈다. 무경이 쓴 책에는 수많은 각주와 미주들이 있었고, 나는 그를 다시 만나게 될 때까지 그가 언급한 책들을 하나씩 찾아 읽을 작정이었다. 거기에는 또 다른 주석들이 달려 있을 것이고, 나의 읽기는 쉽게 끝나지 않을 것이다. 그러므로 무경이 오랫동안 이곳에 돌아오지 않는다 하더라도, 어쩌면 영영 오지 않는다 하더라도, 나는 조금씩 그에게 다가갈 수가 있다. 그의 언어, 그의 생각, 그의 세계를 헤아리면서, 느린 걸음으로 조금씩.

책을 읽으며 숨을 돌린 후 다시 일어나 산을 오르려는데 전화기에서 진동이 울렸다. 상도였다. 휴대폰 화면에 찍혀 있는 그의 이름을 한참 보다가 전원을 껐다. 나는 언제부턴가 죽음으로 그를 떠나는 장면을 수없이 그려왔고 마지막 순간에 미안해하지 않기 위해 오래도록 그를 견뎌왔다. 그러나 지금 내 눈앞에 펼쳐져 있는 것은 삶이었다. 나무의 나이테처럼 촘촘하게 쌓이는 삶.

어디선가 조그맣게 염불 소리가 들려왔고 나는 그쪽으로 발걸음을 옮겼다. 소리를 따라간 곳에 절의 입구가 보였다.

작은 절은 여전히 그 자리에 있었고 무경이 보여주었던 황벽나무도 변함없이 단단하게 그곳에 뿌리박혀 있었다. 그가 나무껍질을 떼어내었던 자리에 드러나 있던 노란 속껍질 역시 시간이 흐르지 않았던 것처럼 그대로 샛노랗게 밝았다. 그날 그와 함께 들었던 목탁 소리가 희미하게 들려오는 순간, 나는 여기 어딘가 무경이 있을 것만 같아서 가만히 주위를 돌아보았다.

* 참고자료
  최인학 · 엄용희, 『옛날이야기꾸러미 III』, 집문당, 2003.

상처라는 희망

전성욱(문학평론가)

서정아는 대한민국의 국민이자 부산의 시민이며, 누군가의 엄마이고 아내이며 딸이다. 누군가가 이처럼 그 무엇으로 규정된다는 것은, 이미 그 자체로 어떤 존재의 한계를 긋는 일이기도 하다. 한 사람이 태어나 이러저러한 정체성으로 호명되어서 살아간다는 것, 그렇게 가르고 나누어서 각자의 소속을 배당함으로써 그 차이와 차별을 정당화하는 힘의 흐름을 '체계'라고 한다. 그것은 통치성의 제도(regime)이기도 하고, 지배적인 인식의 논리(paradigm)이기도 하다. 그렇다면 위력적인 체계의 부조리 속에서 그 모든 정체성들의 허울을 거부하고 한 벌거벗은 생명으로 살아낸다는 것은 무엇인가. 서정아의 소설은 체계의 부조리가 뿜어내는 마성(魔性)을, 홈 스위트 홈이라는 환상을 통해 유지되는 가족의 내분이나 남녀 간의 문제, 즉 친밀성(intimacy)의 구조 안에서 벌어지는 소통(communication)의 가능성에 대한 문제로 포착해낸다. 그것은 앞서 출간한 두 권의 소설집(『이상한 과일』, 『오후 네 시의 동물원』)에 이어 지금에 이르기까지, 그가 놓아버리지 못하고 계속해서 파고들고 있는 오랜 문학적 탐구의 주제이다. 그러니까 서정아의 소설에서 자본주의적 가부장제는 마성의 체계에 대한 유비(類比)이며, 그 체계를 가동시키는 숨은 신이다. 그 소설들에는, 체계 안에서 이 작가가 여성으로서 겪어낸 고유한 경험들, 다시 말해 잘 살려는 생명의 자연스런(예외적인) 충동과 그것을 길들여서 약탈하려고 하는 체계의 우악스런(규범적인) 의욕이 부딪히는 난폭한 파열의 순간들이, 차분한 어조 속에서도 격렬하게 그려져 있다. 서로 다른 벡터의 두 힘이 맞부딪히는 그 경계의 마디(node)는, 이질적인 것들의 위력적인 충돌이 일어나는 자리이므로, 거의 반드시 치명적인 상처와 후유증을 남기고야 만다. 그러나 그 충돌이 파괴로만 끝나버리지 않을 때, 그것의 얼룩진 상처 위에서 돋아나는 여린 새살은 또 다른 몸을 기약하는 환한 희망이 될 수도 있다. 그렇게 서정아의 소설들은, 세상에 있는 미묘한 차이들에서 부조리한 차별의 폭력을 예리하게 포착함으로써, 한국의 여성으로서 겪어온 경험의 리얼리즘에 터하여 착실하게 이 세계의 어떤 내밀한 문제들에 개입해온 것이다.

「거미줄」은 가족이 배타적인 동일성의 악력을 행사하는 어떤 이념의 결사체라는 것을 선명하게 보여주는 소설이다. "아무도 없는 낭떠러지에서 줄 하나를 잡게 된 것처럼 느껴졌다. 그것이 허구일 수도 있겠다는 생각을 그때는 하지 못했다. 나를 구해줄 단단한 밧줄이 아니라 얇고 끈적거리는 거미줄에 불과하다 하더라도 그 줄을 믿고 싶었다."(54쪽) 여자는 왜 그때 가족이란 것이 허구인 줄을 알아채지 못했던 것일까. 거미줄은 거미의 '집'이면서 동시에 먹잇감을 낚아채는 '덫'이기도 하다. 그러나 여자는 그것이 안전한 집이라고만 여겼을 뿐 먹잇감을 노리는 덫이라고는 전혀 생각하지 못했다. 집(삶)이면서 덫(죽임)이기도 한 '거미줄'은 온전하고 안락한 가족이라는 환상을 통해서 그 내부의 구성원들을 규율하고 약탈하는, 요컨대 가족이라는 체계의 역설적인 이중성을 적확하게 표현하는 상징이다. 여자는 네 살이라는 어린 나이에 가난한 미혼모였던 엄마에게서 버림받고 보육원에서 자라야 했다. 버림받았다는 기억으로 정신의 깊은 내상을 입은 여자는 원망과 불안 속에서 위태롭게 흔들리는 취약한 주체였고, 그래서 온전한 선택이나 결정을 하기 어려운 처지였던 것이다.

안락한 가정(집)을 이루고 싶다는 집념은 그것의 위험한 실체(덫)를 보지 못하게 만들었다. 그런 맹목 속에서 여자는 같은 보육원 출신의 진경 언니를 잃게 된다. 진경은 여자의 결핍된 마음을 헤아려주는, 그에게는 유일하게 기댈 수 있는 사람이었다. 그러나 여자는 자기의 결핍을 채우기 위해 진경의 결핍을 외면하였다. 여자가 결혼을 해서 가족을 이루는 동안 결국 진경은 스스로 목숨을 끊는다. "진경 언니가 우울의 늪에서 헤매고 있을 것을 알면서도 나는 다른 곳만 쳐다보고 있었다. 어쩌면 과장된 망상이나 허구에 불과할지도 모르는 제도적 안정감에 도취되어, 내게 정말 중요했던 한 사람을 잊어가고 있었던 것인지도 몰랐다."(56쪽) 그 상실이 이윽고 여자를 '허구'에서 깨어나게 했고, 정신을 차려보니 가족은 차이를 용납하지 않는 견고한 동일성의 체계였다. "다만 먼지나 악취, 더러움에 대해 그는 무감각했고, 나는 민감했다. 결국 견디지 못하는 쪽이 일을 더 하게 되었는데, 경준은 그런 부분에 대해 딱히 신경을 쓰지도 않았고 모든 것을 당연하게 받아들였다."(51쪽) 더럽다고 말하는 민감한 여자에게, 무신경한 남자는 "가족끼리 뭐가 더러워"(51쪽)라고 말하는 사람이었다. 여자는 남자와 그의 부모를 겪으면서 뒤늦게 서로의 다름을 깨달았지만, 가족은 허구적인 동일성 뒤에 그 차이들을 억압하고, 결국 약자가 강자를 따라야만 하는 순종의 체계였음이 드러났다. "나도 다 겪어온 거다, 그러니까 내 나이가 될 때까지 입 다물고 견뎌라, 그런 말이었다. 자기 삶을 살았을 뿐이면서, 타인의 경험과 느낌을 단 한 번도 생각해보지 않았으면서 사람들은 그런 말을 쉽게도 했다."(36쪽) 그러나 여자는 순종하지 않기로 했고, 마침내 이혼을 결정하였으며, 그 체계를 향해 "가족이 뭔데"(58쪽)라는 울분 섞인 반문을 던지며 울음을 터뜨린다. 그런데 이 울음은 그저 슬픔이라고 할 수만은 없는 어떤 심오한 신호인 것처럼 보인다. 그것은 마치 여자가 현관의 거미줄을 발로 뭉개버린 것처럼, 또는 '남의 냉장고'에 넣어두었던 '내 음식들'을 바깥으로 내어놓은 것처럼, 그렇게 덫에서 벗어나 새로운 시작을 앞둔 사람의, 그 뒤늦은 자각에 대한 회한인 것처럼 여겨진다. 가족이라는 체계의 허구, 그 덫을 좀 더 일찍 알아채지 못하고 귀한 누군가를 떠나보내고 말았다는 회한.

체계는 정태적인 하나의 실체가 아니라 복잡한 배치와 생성하는 관계들의 연결로써 작동하는 어떤 망이며 흐름이다. 마찬가지로 여성 역시 본질적인 실체가 아니라 상호적인 관계와 맥락 속에서 만들어지는 어떤 과정이기 때문에, 고정된 하나의 정체성으로 매끄럽게 규정될 수 없다. 요컨대 여성을 여성으로서 규정하는 것은, 가부장적인 체계가 조장하는 정체성의 정치일 뿐이다. 여성은 하나의 실체로 환원될 수 없는 차이들로서, 저 배타적인 동일성의 체계가 압박하는 가운데서도 끈질기게 살아온 유연한 생명이다. 그러므로 여성을 누군가의 딸이자 아내이자 어머니로서, 그렇게 이름을 빼앗긴 익명의 존재로 환원하는 것은, 그야말로 살아 있는 한 생명을 상징적으로 말살하는 폭력인 것이다. 그런 의미에서 여성들 간의 서로 다른 '차이'를 부각시키고 있는 「서로에게 좋은 일」과 「개미」는, 그 차이의 선명한 부각 자체로 바로 그 가부장적인 동일화의 폭력을 문제화한다. 이 두 소설에서 그 차이는, 특히 계급(계층)적인 것으로서, 자본주의와 가부장제의 제휴가 여성들 간의 우정과 연대를 어떻게 균열내고 또 분열시키는지를 인상 깊게 보여준다. 그러니까 자본주의적 가부장제는, 여성들 간의 고유한 차이들을 그들이 보유한 자산 역량의 격차로 환원하여 분류함으로써, 가진 자와 없는 자의 대립 속에서 적대와 적의의 정동을 발생시키고, 결국은 모종의 불신과 함께 서로를 등 돌리게 만든다.

「서로에게 좋은 일」에서의 뚜렷한 계급적 대비는, 그것이 쉽게 와해되지 않는 체계의 탄탄한 구조로서, 이미 너무 완강하게 자리 잡고 있다는 것을 확인시켜준다. 고등학교 삼 년 내내 같은 반이었어도 그다지 절친한 사이는 아니었던 보연과 수진은, 한참의 시간이 흐른 뒤에 각자의 가정을 이루고 다시 만나, 그때는 나누지 못했던 우정과 교류를 뒤늦게나마 시작해보려고 한다. 그러나 결국은 서로의 차이만을 날카롭게 절감하고, 그렇게 실패한 우정은 어떤 적의를 남긴 채 그들은 각자의 자리로 되돌아서고 만다. "이미 우린 따라갈 수 없는 거리에 있구나. 아무리 뛰어도 도저히 닿을 수 없는 거리. 세상에 태어날 때부터, 아니, 어쩌면 태어나기도 훨씬 전부터."(77쪽) 중산층의 경제력과 교양을 보유한 수진의 가족(수진, 동민, 리아)과 빈곤에 허덕이는 보연의 가족(보연, 정광, 하준)은 여러 면에서 선명한 대비를 이룬다. 보연의 아들 하준이 스마트폰에 빠져 시간을 보내는 것과는 달리, 수진의 딸 리아는 고액의 과외들로 바쁘다. 수진의 초대로 함께 간 클래식 공연장에서 집중하지 못하고 산만하게 굴다가 잠이 든 하준의 모습은, 적절한 때에 맞추어 박수를 칠 줄 아는 리아와는 대조적이다. "취향은 쉽게 생기는 것이 아니었다. 좋은 것을 충분히 접해보고, 같아 보이지만 아주 조금씩 다른 미세한 차이를 알아챌 수 있을 정도가 되어야만 자신이 무엇을 선호하는지 말할 수 있었다."(81쪽) 취향과 습속, 즉 아비튀스가 계급 재생산의 표지라고 한 피에르 부르디외의 사회학적 견해처럼, 이들이 드러내는 문화적 감수성의 차이는 그렇게 그들의 서로 다른 계급적 차이를 씁쓸하게 구별짓는다. 그리고 그 차이가 부모의 세대에서 자녀의 세대로 이어지고 있다는 것, 풍요와 빈곤의 차이가 대를 이어서 차별적인 삶을 규정짓고 있다는 것, 요컨대 이 소설은 그 불평등한 재생산의 구조, 은폐되어 보이지 않던 계급적 격차의 야비한 진실을 드러내 보이고 있는 것이다.

언어의 의미가 차이 속에서 발생한다는 것이 소쉬르의 통찰이었다. 그러니까 언어(랑그)의 문법은 차이의 체계이며, 마찬가지로 자본주의의 체계라는 상징계 속에서 그 구성원들의 경제적 차이는, 각각의 위계와 등급으로서 배분되어 그들 각자의 자리와 역할을 규정한다. 보연은 가난한 집안 형편에 학업과 아르바이트를 병행하며 힘들게 대학을 졸업하였으나, 급하게 취업한 직장의 보수는 변변치 않았으며, 준비 없는 결혼을 하고 출산한 후에 육아에 매여 있다 보니 경력이 단절될 수밖에 없었다. 남편의 수입은 좋지 않고, 식당 일을 찾아서 힘들게 일을 해도 대출 빚이나 생활비를 대는 그 허덕임에서 좀처럼 벗어나기가 어려웠다. 반면에 학창 시절에도 항상 밝고 여유로웠던 수진은 결혼 뒤에도 학군 좋은 대단지 아파트에서 중산층의 풍요를 누리며 살고 있다. "그렇게 열심히 했는데, 공부도 직장 생활도 죽어라 하고 열심히 했는데, 지금 자신이 서 있는 곳을 내려다보면 결국 그 긴 시간 동안 제자리에서만 숨차게 뛰고 있었던 것 같았다."(72쪽) 이렇게 열심히 살았지만 제자리를 벗어나지 못하는 보연을 앞에 두고, 자신은 뭔가 치열하게 해본 적이 없었다며 보연의 그 열심을 부러워했다는 수진의 말은, 악의 없는 모멸을 악마적인 평범성(banality)으로 시전(示展)한다.

팬데믹이라는 비상시의 예외적 시기에 보연과 수진은, 좁히기 힘든 그들의 그 계급적 차이를 잠시 망각한 채, 가족 동반으로 함께 수진의 별장으로 여행을 떠난다. 같은 공간에서 마스크를 벗고 함께할 정도로 서로에게 '친밀감과 신뢰감'을 보이기도 했지만, 보연에게 달콤한 꿈과도 같았던 그 시간은 겨우 하룻밤을 보낸 뒤에 말 그대로 마치 꿈처럼 끝나고 만다. 아이들의 일은 그 진실의 여부와는 상관없이, '동반'할 수 없었던 그들의 관계, 그러니까 은폐되어 있던 그들의 차이를 냉연(冷然)하게 폭로하고 말았다. "마침내 시외터미널이 멀리서 보이기 시작할 때 그녀는 마스크를 꺼내며 조심스럽게 말했다. 수진아, 미안해. 내가 나중에 연락할게. 그러자 수진은 낮은 한숨을 내쉬고 천천히 입을 열었다. 아냐, 연락하지 말자. 그러는 게 서로에게 좋을 것 같아."(83쪽) 계급의 격차는 이렇게 가해와 피해의 진실마저 호도하고, 심지어는 피해자인 약자를 오히려 무릎 꿇게 만든다. 자기의 별장에 보연의 가족을 초대한 수진의 호의와 배려는 누구를 위한 것이었을까. 혹시 그 환대는 베풀 수 있고 배려할 수 있는 자의 오만한 우월감의 발로가 아니었을까. 그러니까 애초에 수진은 서로에게 좋은 일이 아니라, 자기에게 좋은 일을 하려고 했던 것이 아닐까. 수진의 그런 일방적인 호의는, 그렇게 결렬되어버린 여행에서 비참한 기분으로 돌아오는 길에서마저, 엘리베이터가 없는 18평의 오층 빌라로 배달되어 온 생수통을 짊어지고 올라야 하는 보연의 그 생활의 무게를 결코 가늠하지 못한다. 그리고 보연의 남편은 제 아내가 짊어진 무거움에 대해서, 상냥한 공감조차도 못하는 사람이 아닌가. 그러므로 수진의 그 환대란 이기적일 뿐만 아니라 무능한 것이며, 그래서 더욱 무참한 것이다.

한나 아렌트가 말했던 순정한 무사유(sheer thoughtlessness), 즉 타인의 입장에서 생각하지 못하는 무능은, 자기도 모르는 어느 사이에 이러저러한 악행들을 저지르게 만든다는 점에서 문제적이다. 그렇게 미세한 차이들에 대해 무신경한 태도는, 그처럼 무자각적이기 때문에 아무렇지 않게 난폭하다. 다른 한편으로 그것은, 수진의 사례에서 보듯 공감을 통해 가능한 교감과 연대를 스스로 차단하고도, 호의를 베푼다는 착각 속에서 그 탓을 상대에게 전가하는 위선적인 기만을 불러오기도 한다. 「개미」는 경제적 풍요의 이면에 도사리고 있는 중산층의 정신적 불안을, 속물화된 교양의 자의식이라는 그 기만을 통해서 방어하고 있는 한 여성의 은폐된 실상을 예리하게 까발린 소설이다. 마치 자백에 가까운 형태로 드러나는 그 폭로는, 계급의 차이를 넘어선 여성 간의 연대를 가로막는 것이 과연 무엇인가를 날카롭게 질문한다. 유선은 자본주의적 가부장제의 논리를 정확히 간파하고, 그것에 자신을 기민하게 맞추는 체계 순응형의 인간이다. "사소한 불쾌감을 어른스럽게 참고 없었던 일처럼 흘려보낼 때 비로소 유지되는 것들이 삶에는 분명 있었고, 유선은 그 사실을 본능적으로 잘 알았다."(90쪽) 투자는 손실의 위험을 감수함으로써 이윤으로 회수될 수 있다. 자본주의의 그런 이치를 본능적으로 체득하고 있는 유선은, 불쾌를 견디는 그 인내를 투자함으로써 중산층의 안락과 풍요라는 수익을 유지할 수 있다고 믿는다. "인내는 고통스럽지만 숭고했고, 언제나 자신에게 좋은 결과물을 가져다준다는 사실을 잘 알고 있었으므로 그녀는 혀끝으로 스미는 피를 달게 삼켰다."(107쪽) 그러나 억압된 것은 그냥 사라지지 않고, 언제든 다시 되돌아오기 마련이다. 널리 알려진 것처럼, 억압된 것의 귀환은 원래의 모습 그대로가 아니라, 기괴한 낯섦(uncanny)의 형태를 띠고 징후적인 양상으로 이루어진다.

데이비드 린치가 연출한 「블루 벨벳」(1992)의 오프닝 장면에서는, 감미로운 음악이 흐르는 가운데 카메라가 미국 중산층의 전형적인 가정집을 평화롭게 비춘다. 마당의 푸른 잔디에 물을 뿌리는 한 남자(가장)의 손에 들린 호스가 어딘가에 꼬여서 막히자 호스를 연결한 수도가 불안하게 요동친다. 이내 평화는 깨지고 그 남자는 동맥경화에 걸린 듯 잔디밭에 쓰러져서 더 이상 일어나지 못한다. 그때 카메라는 그 마당의 잔디 아래로 파고드는데, 잘 손질된 잔디 아래에는 흉측한 비밀스러움과 함께 벌레들이 징그럽게 우글거리고 있다. 「개미」가 포착하고 있는 것이, 바로 그 영화의 장면에 함축된 것과 같은 중산층의 산뜻하고 화사한 삶의 이면에 흐르는 어떤 불안과 그 흉측한 비밀스러움의 실상이다. "유선은 눈에 보이는 현상 이면에 숨겨진 것들이 있다는 사실을 정확히 인지하고 있었으며, 그럼에도 불구하고 삶에서는 언제나 현상이 더욱 중요하게 여겨진다는 것 또한 잘 알았다."(103쪽) 이처럼 유선은 현상의 이면에 있는 어떤 불안을 분명하게 알고는 있었지만, 불안해질수록 오히려 남들의 시선이 닿는 그 표면의 행복에 더욱 집착했다. "그건 행복이지. 아니, 그것이야말로 행복인 거지. 눈에 보이는 것, 명확한 것, 누구에게나 보여줄 수 있는 것, 그래서 남들의 부러움을 살 수 있는 것. 그걸 가져야 행복한 거지. 내부에서 모호하게 솟아나는 감정 같은 것들은 실체가 없는 거잖아."(92쪽) 타인의 평판이라는 시선에 사로잡힌 유선은, 그렇게 이면의 실상(불안)을 억압하는 대신 남들의 부러움을 부르는 그 환상(현상)을 좇는 허위의 삶에 탐닉한다.

억압되고 은폐된 것은 필연코 증상을 부른다. 타인의 시선들을 의식하며 위태롭게 지켜내고 있는 홈 스위트 홈이라는 환상은, 이유를 모르는 아들의 아토피와 그것에 대한 사람들의 참견 때문에 불쾌하고 불안하게 위협당한다. 그리고 남편에 대한 이상한 적의와 살의(殺意)의 마음을 어찌하기가 점점 더 힘들어진다. 남편은 괜찮은 연봉을 받아오는 성실한 사람이었지만, 앞서 보았던 「거미줄」의 그 남편처럼, 차이를 가볍게 무시하는 무신경한 사람이었다. "남편은 작은 차이에 대해 무신경한 사람이었다."(90쪽) 그러나 유선은 배타적인 동일성의 힘에 의해 그렇게 무시당한 차이들을 스스로 모르는 척 넘어갔다. 그러나 자기의 행복을 지키기 위해서 한 그런 자발적인 억압과 은폐는, 결코 그것을 없었던 것으로 만들지 못한다. "똑같지 않은 걸 똑같다고 말하는 사람. 당신은 항상 그런 식으로 주먹을 휘두르지. 보이지 않는 구타, 누구도 알아채지 못하는 푸른 멍들, 증명할 수 없는 폭력."(107쪽) 이렇게 동일성의 악력에 짓눌린 차이들은, 증오와 살의의 정념으로 무르익어서 다시 그녀에게로 돌아온다. 그리고 마침내 그것은 '개미'라는 징후적인 기표로 구체화되어서 유선을 공격한다. 모래 언덕에 파묻혀 옴짝달싹할 수 없는 유선의 온몸으로 개미들이 공격해오는 꿈을 꾸는데, 기이하게도 실제로 애집개미들이 유선의 아파트를 점령해 들어오기 시작한다. 천적이 거의 없는 애집개미가 나날이 번식하며 개체수를 늘려가는 동안, 유선의 불안도 걷잡을 수 없이 증식한다. 샤넬백(현상의 행복)의 내부(이면)를 침범한 그 개미들(불안과 공포)처럼, 유선은 현상의 행복을 뽐내기 위해 스스로가 억압했던 것들로부터 그처럼 낯설고 기이한 방식으로 잠식당한다.

위태롭던 유선의 불안이 비등하여 결국 그렇게 폭발하게 되는 계기는, 같은 아파트 단지 내의 임대아파트에 사는 경주와의 만남이었다. 유선의 아들과 경주의 아들은 같은 학급이었다. "낡고 오래되고 깊고 고요한 것. 그것이 경주를 둘러싼 분위기였고 유선이 그녀에게 느꼈던 첫인상이었다."(98쪽) 18평의 비좁은 임대아파트에 사는 경주는 볼품없이 남루한 차림이었지만, 넓고 고급스런 아파트나 샤넬백으로는 압도할 수 없는 미묘한 기품이 있었다. 경주의 집에 초대받은 유선은, 벽면을 가득 채운 책장과 멋진 오디오에서 울려 퍼지는 클래식의 선율, 고풍스런 다기에서 풍기는 은은한 차향 앞에서, 자신의 내면에 숨겨져 있던 속물스러움을 들켜버린 듯한 기분을 느낀다. "자신의 천만 원짜리 샤넬백보다, 경주의 책장과 오디오와 다기가 오히려 더 사치스럽다고. 그것은 유선을 이상한 방식으로 자극했다. 값비싼 가방이나 세련된 목걸이, 최신형 자동차와 더 넓은 평수의 집을 볼 때와는 다른 형태의 질투심이었다. 동정과 동경이 뒤섞인, 뭐라 규정할 수 없는 낯선 감정이 그녀의 마음속에서 일렁였다."(101쪽) 현상의 행복을 자랑하고 싶은 마음에 불안을 억누르면서까지 전전긍긍했던 자기의 비루함이, 경주의 저 남루한 표면 너머에 있는 당당함 앞에서, 부끄러움과 시기심이 뒤섞인 알 수 없는 심사로서 자각되었던 것이다.

"그녀에게는 좋은 것을 잘 알아보는 눈이 있었고, 너무 오래 망설이지 않고 그것을 선택하는 과감함이 있었다."(96쪽) 유선의 이런 아비튀스는 경주 따위의 부류들과 자기를 구별짓는 자존의 근거였지만, 경주의 그 '낡고 오래되고 깊고 고요한 것'의 아우라를 당해낼 수는 없었다. 그리고 속물교양으로 근근이 숨겨왔던 자기의 경박함을 들켜버린 보다 결정적인 사건이 벌어진다. 임대아파트에 산다고 차별적인 비하의 말로 경주의 아들을 괴롭힌 아이들 속에는 유선의 아들도 있었다. 학폭위가 열리게 되자 그것을 무마하기 위해 경주를 만나려고 하지만, 거절을 당하면서 유선은 이면의 비밀과도 같은 자기의 본심을 표면의 현상으로 내뱉고 만다. "같잖은 게,

주제도 모르고. 그녀는 나지막하게 중얼거리고는 그런 말을 한 자신에게 스스로 놀랐다. 그런 경박함은 타인의 속성이었지, 결코 자신의 것은 아니었다."(112쪽) 이것은 그야말로 신랄한 자기 폭로가 아닐 수 없는 대목이다. 맨 처음 경주에게 먼저 말을 건네고 호의를 보인 것은 유선이었지만, 이를 보면 역시 「서로에게 좋은 일」의 수진이 그랬던 것처럼, 그것은 '순정한 무사유'에서 비롯한 이기적이고 위선적인 환대에 지나지 않았으리라 여겨진다. 수진과 보연의 결렬에 이어, 여기에서 다시 계급적 차이에 가로막힌 실패한 연대의 현실을 확인하게 되는 것이다.

유선은 '이면'을 억압하고 '현상'에 매달리는 방식으로 본질과 현상의 그 형이상학적 체계의 논리를 변조하였지만, 결코 그 이면의 위력에서 벗어날 수는 없었다. 이면의 본질이란 마치 유령처럼 그 실체가 없는 것이기 때문에 더 큰 공포를 불러일으킨다. 결혼과 가족을 통해서 얻었다고 믿어지는 행복이란, 바로 그 정상가족이나 홈 스위트 홈의 형이상학(환상)을 매개로 해서만 유지되는 것이기 때문이다. 라캉에 따르면 성적인 것(혹은 사랑)은, 그렇게 형이상학으로부터 매개된 것이기에 직접적인 관계로서는 성립할 수가 없다. 「우리는 오로라를 기다리고」는 사랑의 불가능성, 다시 말해 '성적인 관계는 없다'는 라캉의 언명처럼, (우리가 기다리는) '오로라는 없다'는 것을 이야기한다. 물론 흐릿하게 보이는 오로라를 만나지만, 그것은 카메라(형이상학적 장치)의 조작을 매개해야만 비로소 선명한 것으로 부각될 수 있을 뿐이다. 요컨대 사랑이라는 실체 혹은 본질은, 형이상학적 환상에 매개된 허깨비와 같은 것이다. 서사를 조형하는 방식은 많이 다르지만, 이 소설의 주인공 서인은 기다려도 오지 않는 고도(사뮈엘 베케트)나 들어갈 수 없는 성(城)을 맴돌기만 할 뿐 끝내 측량의 임무를 수행하지 못하는 K(프란츠 카프카)처럼, 아무리 기다려도 선명한(직접적인) 오로라를 만나는 데는 실패하고 만다. 그러니까 이 소설은 그 실패를 통해서, 우리가 애타게 욕망하는 사랑의 환상 혹은 형이상학이라는 그 허구성의 환멸을 폭로한다.

서인은 불어로 인연이라는 뜻의 'Lien'이라는 이름의 음악 감상실에서 인경을 처음 만났다. "인경은 그동안 만나왔던 남자들과는 결이 다른 사람이었다. 복잡한 감정을 하나로 뭉뚱그려버리지 않는 섬세함이 있었고, 문학과 음악에 대한 이해가 깊었다. 그가 사용하는 어휘는 풍부하고도 단정했다. 가장 좋은 점은 어떤 순간에도 겸손을 잃지 않았다는 것이다. 그런 사람을 만나기가 쉽지 않다는 것을 알았기 때문에 나는 그를 꼭 붙들고 싶었다. 그가 기혼자임을 밝혔던 순간에도." (24~25쪽) 「거미줄」이나 「개미」에서 보았던 것처럼, 그 남편들은 '작은 차이'에 무신경한 사람들이었지만 인경은 그런 사람이 아니었다. 그는 차이들을 무시하거나 단순화하지 않고,

있는 그대로의 복잡함을 섬세하게 읽어낼 줄 아는 감수성을 지니고 있는 것처럼 보였다. 그런 사람이라면, 아마 자신의 어떤 복잡함에 대하여서도 함부로 대하지 않고 세심하게 알아봐줄 것이라고 서인은 그렇게 믿었을 것이다. 아내와 일 년째 별거 중이라고 했던 인경은 상황이 편하게 정리되면 함께 오로라를 보러 가자고 말했다. 그랬던 그로부터 갑자기 연락이 끊어졌고, 몇 달 후 그의 아내로부터 걸려온 전화에서 인경이 죽었다는 것과, 그동안 그가 말해왔던 것들의 대부분이 거짓이었음을 알게 된다. "그는 실존했었나."(29쪽) 그리고 일종의 애도를 위한 것이었을까. 서인은 인경, 아니 그 사랑의 실존에 대한 의문에서 헤어나지 못한 채 혼자서 노르웨이로 여행을 떠나왔다. 오로라의 실체를 확인하기 위해서.

이 여행은 실존했는지조차 헷갈릴 정도의 충격을 주었던 사람(사랑)의 실체에 대한 번민 속에서 이루어진 것이었다. 그래서였는지 서인은 노르웨이로 향하는 비행기에서 "꿈과 몽상과 잡념"(9쪽)에 시달리고, 버스를 타고 달리는 동안에도 온통 하얀 눈으로 뒤덮인 차창 밖의 풍경을 바라보며 "다시 현실 감각이 무뎌지는 것"(10쪽)을 느낀다. "잘 안다고 자신했었는데, 누구보다도 그를 잘 아는 것은 나라고 확신했었는데, 지금 생각해보면 그에 대해 안다고 여겼던 것이 과연 무엇이었나 싶었다."(20쪽) 작은 차이를 무시하는 무신경한 사람이 아니었다고 믿었던 그 사랑은, 알고 보니 현전하지 않는 흔적일 뿐이었다. 그러므로 자신의 믿음을 배반당한 서인은, 현상 너머의 실체에 대한 형이상학적 의문에 휩싸인 채, 기어이 오로라를 찾아서 떠나와만 했던 것이다. 인경이 했던 이 말을 기억하면서. "아름다운 건 언제나 위험을 내포하고 있잖아. 그걸 알면서도 들끓는 마음을 어쩌지 못해서 자꾸 욕망하게 되는걸."(13쪽) 누구를 탓할 것도 없이, 형이상학의 치명적 매혹, 그 환상의 유혹에 빠져든 것은 서인 본인이었다.

여행사의 오로라 투어에 참가하는 동안, 서인은 쏨과 카알의 집에 머무른다. 그들은 삼 년 전에 태국에서 요가 클래스 수강생으로 만난 인연이었다. 쏨과 카알은 다른 것에 연연함이 없이 그 순간의 열정에 충실하며 사랑에 빠져들었고, 함께 카알의 나라인 노르웨이로 돌아갔다. 그러나 지금 이들은 사랑의 현실에 지쳐 피로해하고 있으며, 이미 헤어질 결심까지 내린 듯하다. 그러니까 이들은 형이상학의 도취보다는 '지금 순간'의 현실에 충실한 사람들인 것 같다. "사람들의 기대감이 만들어낸 환상이지."(29쪽) 오로라를 보러 온 서인에게 쏨이 하는 말이다. 카알과 쏨이 눈싸움을 빙자해 서로 악다구니를 쏟아내며 싸워대는 모습을 지켜보던 서인은 눈물을 흘린다. "부엌 유리창으로 카알과 쏨이 보였다. 저렇게 엉망진창이 되어도 끝까지 서로를 마주할 수 있다면 후회가 남지 않을까. 나는 그러지 못했기 때문에 이토록 후회하고 아직도 미련을 버리지 못하는 걸까."(27~28쪽) 대체로 여행의 서사에서 그 여정은 자각과 성장, 혹은 치유의 계기가 된다. 오로라 투어에 함께 참여한 사람 중에 인경의 모습을 닮았다고 여겨지는 테오의 존재가 예사롭지 않은데, 그는 오로라를 보지 못했지만 라흐마니노프의 피아노 협주곡을 듣는 '지금 이 순간'이 아름답다고 말할 줄 아는 사람이다. 그리고 그는 마지막의 오로라 투어에는 나타나지 않는다. 그러니까 카알과 쏨, 그리고 테오는 환상에 매달리기보다 현실에 충실한 사람들인 것처럼 보인다. 이미 지나간 시간에 대한 후회와 미련 속에서 괴로움을 떨쳐내지 못하고 있는 서인과는 달리, 그들은 모두 지금의 순간에 집중할 뿐이다. 그것을 과연 메시아적인 것이 임재(臨在)하는 구원의 순간(Jetzt-Zeit)에 대한 감각이라고까지 할 수 있을지는 모르겠다. 그러나 세속적이거나 감각적인 그들의 그 현실주의는, 완전한 세계의 환상보다는 비속한 지금-시간의 어떤 충일함에 눈뜸으로써 가능한 구원에 대하여 생각해보게 한다. "아름다움은 언제나 가장 먼저 우리를 흔들어놓고 매료시켰지만 순간의 마음을 영원히 붙잡아두지는 못했다."(20쪽) 그러므로 아름다움의 환상에 속지 않고, 영원이라는 미망에 걸려들지 않는 것, 그것을 깨치는 데서부터 시작하면 되는 것이 아닐까. "가이드의 말대로 셔터 스피드를 길게 해서 사진을 찍었더니 마침내 내가 보고 싶었던 오로라의 형상이 화면에 나타났다. 그런데 카메라 화면으로나 제대로 볼 수 있는 이 오로라는 과연 진짜 오로라가 맞을까. 우리가 기다렸던 오로라가 맞는 걸까. 나는 그런 생각을 하며 무감각하게 셔터만 눌러댔다. 그러는 사이 하늘에 그나마 흐릿하게 퍼져 있던 초록빛도 서서히 자취를 감추고 말았다. 남은 것은, 차갑고 고요한 북극의 밤하늘뿐이었다."(31쪽) 그래서 소설 결미의 이 구절은 무척 반갑다. 그러니까 어떤 어려움이 있더라도 직접 자기의 눈으로 저 '어둠'을 응시할 수 있다면, 서로를 환대할 수 있는 아름다운 만남의 가능성을 기대해보아도 좋지 않을까.

「황벽나무 노란 속껍질」, 「최초의 부고」, 「유실물」은, 세속의 어떤 상처에도 불구하고 오히려 그것 때문에 가능한 희망의 역설을 이야기한다. 「황벽나무 노란 속껍질」의 여자 역시 깊은 상처를 갖고 있다. 그리고 그 상처는 누구에게도 전혀 이해받지 못했고, 그래서 치유되지 못한 채 오래 방치되어 있다. "살아 있는데 죽은 사람으로 취급당하는 것이 아니라 정말 죽은 사람이 되고 싶었다. 그러면 좋을 것 같았다. 그것만이 유일하게 좋은 일 같았다."(172쪽) 그래서 그에게는 이제 죽는 것만이 유일한 희망이 되어버렸다. 여자의 엄마는 어느 읍에서 삼십 년을 넘게 다방을 해왔다. 조그맣고 겁 많았다는 여자는 거기서 겪지 말았어야 할 것들을 너무 많이 겪으며 유년을 보냈다. "그러나 그 방을 드나들던 사람들 중 하나가 내게 했던 짓에 대해서는 어떤 어른도 짐작하지 못했다. 나는 차라리 그 일을 나 혼자 알았으면 했다. 나하고 그 사람, 둘만 알고 있다는 사실이 끔찍하게 싫어서 그 사람이 빨리 좀 죽어 줬으면 했는데 여든이 넘도록 잘만 살아 있었다. 너무도 건강 하고 생생하게 살아 있어서, 그를 마주칠 때마다 차라리 내가 죽는 것이 빠를까, 하고 생각했다."(176~177쪽) 여자는 엄마 에게서도 같이 살고 있는 상도에게서도 이해를 받지 못했다. 그들은 이해를 해주기는커녕, 오히려 자기네들의 고통과 상 처를 내세우고 악다구니를 부렸다. 해소되지 못한 고통, 치유 받지 못한 상처에서 헤어나지 못하고 있는 여자의 마음에는, 그래서 이렇게 온통 죽음의 충동만이 가득 차 있는 것이다.

그런 여자 앞에 불현듯 나타나 살고 싶다는 의지를 불러일 으킨 사람이 무경이다. 그는 이야기를 채록하고 연구하는 사 람이었다. "무덤처럼 어둡고 축축한 방 말고, 내가 있는 자리 가 곧 무덤이 되는 그런 현실 말고, 또 다른 세계가 존재하고 있다는 것을 겨우 알아챘는데 건너갈 수가 없다는 것. 그 사 실이 나를 울적하게 만들었다."(174쪽) 그는 여자에게 어둑 시니라는 귀신 이야기를 들려준다. "누군가 두려운 마음으로 그걸 쳐다보면 어둑시니는 자꾸 커져요. 올려다보면 올려다 볼수록 한없이 커져서 결국 그 사람은 어둑시니에게 깔려버 립니다."(178~179쪽) 어둑시니를 만나거든 올려다보지 말고 내려다보라고, 그리고 그 눈을 똑바로 바라보라고, 그러면 결 국 그것이 사라져버리게 된다는 무경의 이야기에 여자는 눈 물을 흘린다. 무경의 언어는 엄마의 술주정이나 상도의 욕설과는 전혀 다른 것이었다. 그렇게 자기를 이해해줄 수 있는 사람을 만났지만, 지금 여자의 현실에서는 무경의 존재와 그 언어에 닿기 어려웠다. "그의 언어에 닿고 싶고, 그것은 너무나 먼 곳에 있고, 나에게는 시간이 필요하다."(185쪽) 여자는 고대의 불경이 황벽나무 노란 속껍질 속에서 변질되지 않고 천년의 시간을 견딜 수 있었다는 이야기에서처럼, 그 무해한 숙성의 시간이 갖는 힘을 깨닫는다. 여자는 무경이 떠나며 선물로 준 그의 책을 통해서, 어둑시니를 이겨내고 스스로 행복하게 될 수 있는 힘을 기르리라 다짐한다. "무경이 전하는 이야기들을 더 읽고 싶었고, 제대로 이해하고 싶었고, 그가 각주와 미주에서 언급한 다른 책들을 모조리 찾아 읽고 싶었다. 수많은 갈래로 펼쳐지는 세계. 그 낯선 길 위에서 매번 허물을 벗는 일. 그러기 위해서는 시간이 필요했다. 상도의 다짐이나 사과 같은 것이 아니라, 오직 나 홀로 읽고 생각할 시간이."(190쪽) 이해나 위로를 기대하기보다, 그 각주와 미주가 만들어내는 우발적인 도주의 길을 따라서 꿋꿋하게 가다 보면, 알 수 없는 어느새 지금과는 또 다른 내가 되어 있으리라는 희망, 여자는 바로 그 희망에 닿을 때까지의 시간을 필요로 하게 된 것이다. 그 '시간'이 구원의 순간(Jetzt-Zeit)이라면, '필요'는 곧 죽음의 충동을 지양하는 에로스의 의욕이고, 그런 의욕에 달뜬 여자는 마침내 어린 시절의 자기에게 몹쓸 짓을 한 그 추잡한 노인의 눈을 똑바로 쳐다보며 그의 죄를 물을 수 있게 된다.

무경은 이야기의 힘을 믿는 사람이었다. 그러나 시간이 흘러도 이야기는 남는다고 한 그의 말은 온전하게 다 긍정하기 어렵다. 아무리 훌륭한 이야기라도, 그것은 결국 환상의 매개체일 뿐이기 때문이다. 여자는 사실 무경이 들려준 그 이야기의 내용을 통해서라기보다, 그런 이야기를 들려주는 무경의 자상한 행동 그 자체에서 상처를 이겨낼 의욕을 얻었다고 할 수 있을 것이다. 이와 같은 맥락에서 「최초의 부고」를 읽을 수 있다. 그러니까 상처를 입고 끝내 회복되지 못한 채 스스로 목숨을 끊은 재이는, 무경에게서 힘을 얻을 수 있었던 여자와는 달리, 선아가 보내주었던 그 이해를 온전히 받아낼 수 없었던 것이 아닐까. 재이의 무능을 탓하는 것이 아니라, 수신 불능이 되어버린 재이의 그 취약성이 어디에서 비롯되었나를 묻고 있는 것이다. 재이는 신입 공무원으로서 구제역으로 인한 살처분에 동원되었다가, 그 잔혹한 살육의 현장에서 치유되기 힘든 트라우마를 갖게 되었다. 그리고 그는 끝내 그 끔찍한 기억에서 벗어나지 못했다. 어떤 구원의 빛도 닿지 못할 만큼 그는 철저하게 고립되었던 것이다.

일방적인 것은 소통이 아니다. 보내는 쪽에서 제대로 보내주지 않는다면 받는 쪽에서 그냥 알아채기 어려운 것처럼, 아무리 정성껏 보내주더라도 제대로 알아채지 못한다면 어쩔 수 없는 일이다. 작가가 '작은 차이'를 놓치지 않고 알아채는 세심한 감수성의 역량에 대해 거듭하여 언급했던 것도 바로 그 때문일 것이다. 이처럼 환대나 연대는 서로의 성실한 협력과 협업 속에서만 비로소 가능할 수 있는 소통인 것이다. 예컨대 고기를 먹지 못하는 재이를 위해 야채김밥과 과일을 챙겨 간 선아의 마음을 알아채는 것, 그런 것이 소통의 협력이다. 너는 왜 고기를 먹지 않느냐고 자기의 호기심을 채우듯 질문해버리지 않고, 조용히 함께 채식의 식단 앞에서 더불어 즐겁게 식사를 나누는 것, 그것이 소통을 가능하게 하는 공동의 협력과 협업이라는 말이다. 이 소설은 처음부터 끝까지 소통의 그 어긋남에 대해서 이야기한다. 재이의 부고를 재이 아버지의 부고로 오인한 데서부터 시작해, 장례식장을 가는 길에 자동차가 진흙 구덩이에 빠지거나 또 수안병원을 수안요양병원으로 착각해서 혼선을 겪는 과정이 그러하다. "우리는 목적지에 도착할 수 있을까. 너무 늦기 전에 재이에게 마지막 인사를 전할 수 있을까. 어쩌면 이미 늦어버린 것은 아닐까. 그런 생각을 하며 나는 재이에게 건네주지 못했던 향나무 묵주를 두 손으로 꼭 쥐었다."(140쪽) 의도나 의지는 목적에 딱 맞추어 실현되지 않는다는 것, 다시 말해 이 소설은 매개되지 않은 만남의 불가능성, 직접적인 소통의 곤경에 대한 이야기로 읽을 수 있겠다.

상실의 상처로 주저앉지 않고 그래도 힘을 내서 다시 시작하려면, 어떤 난관 앞에서도 또 다른 만남을 포기하지 않아야 하고, 이윽고 서로가 협력과 협업으로써 소통해낼 수 있어야 한다. 「유실물」은 파국을 암시하는 종말론적인 묵시록의 분위기 속에서 간절한 구원의 열망을 그려낸 소설이다. 지아와 조는 상실의 아픔을 앓고 있는 사람들이다. 책에서 진통(鎭痛)을 찾으려고 했는지는 몰라도, 둘은 같은 독서 모임에서 책을 읽다가 만나서 사귀게 되었다. 그러나 상처와 그 고통을 겪어내는 태도에 있어서 두 사람은 크게 다른 모습을 보인다. 지아는 고통스런 기억의 원체험을 중층적으로 겪었고, 몸에 담뱃불을 지지는 자학을 통해서야만 겨우 안정을 얻을 수 있을 정도로 병리적인 주체이다. 어릴 적에 물놀이를 하다가 익사당할 뻔했던 사고를 겪었으나, 어른들은 가볍게 웃고 넘겨버렸을 뿐 아무도 그 공포를 이해하고 달래주는 사람이 없었다. 익사의 공포만큼이나 아무에게도 이해받지 못했다는 그 소통 불능의 체험이 지아에게는 커다란 마음의 상처를 남긴 것으로 보인다. 어른들 중에서도 특히 엄마의 무신경한 태도는 치명적이었다. "엄마마저도 아무렇지 않게 막 웃고 있는 거야. 남의 이야기를 듣는 것처럼. 그 순간 물속으로 다시 빠져버리고 싶었어. 거기에 뭔가를 잃어버리고 온 것만 같아서."(149~150쪽) 반지하에 살았던 빈곤과 반지아라는 이름 때문에 아이들의 놀림감이 되었던 유년의 기억, 자식에게는 무책임하고 오직 자기밖에 몰랐던 엄마의 무책임한 가출. 그리고 임신한 지아를 두고 도망치듯 사라져버린 남자와, 그럼에도 흘러넘치는 사랑을 주리라 다짐했던 아기의 사산. 이처럼 내내 상처를 받아왔던 지아는, 담뱃불로 자기의 몸을 지지는 자학의 통증이 아니라면 그 마음의 고통을 어찌할 수가 없게 되어버렸던 것이다. 조는 군대에서 가혹행위를 겪고 전역한 뒤에 스스로 목숨을 끊은 동생을 책임져주지 못했다는 자책감 속에서 살고 있다. "소송은 모두 기각되었고, 동생의 죽음은 그저 우울증 환자의 극단적인 선택으로 치부되고 말았다. 조는 자신의 삶 역시 어떤 상황에 처하면 그렇게 쉽게 기각되고 마는 처지라는 것을 깨달았다."(154쪽) 여기서 놓치지 말아야 할 것은 동생의 죽음에 대한 조의 애끓는 항변을 아무도 믿어주지 않았다는 사실이다. 절실한 마음을 전혀 이해받지 못하고 무참하게 불신당하며 기각되어버린 일, 아무리 외쳐도 누구 하나 귀 기울여서 들어주지 않는 무신경함이라는 폭력, 다시 말해 타인의 입장에서 사유할 줄 모르는 그 무능한 무사유야말로 진짜 공포의 근원이다.

"집 안이고 집 밖이고 물이 흐르고 넘쳐 뭐든 다 쓸어가버릴 거요. 아무것도 남아나는 게 없을 거라고."(155쪽) 엄청난 장마와 물난리를 경고하는 할머니는 마치 파국과 종말을 앞둔 이 세계의 앞날을 암시하는 예언자처럼 여겨지는데, 그렇게 불신당했던 지아와 조마저도 이 할머니의 간곡한 외침을 제대로 듣지 못하고 말았다. "할머니의 믿음은 굳건했고, 할머니와 그들 사이에는 보이지 않는 벽이 세워져 있는 것 같았

다."(157쪽) 거듭해서 이야기하는 것이지만, 이처럼 소통의
불능은 만남의 불능으로 이어진다. 그리고 그런 단절이 바로
재난 혹은 재앙의 진원(震源)이다. '믿으라, 그러면 구원받을
것이다'라는, 단순하게 그런 뜻은 아니다. 다시 말해 그것은,
믿음과 구원을 매개하는 종교라는 형이상학의 필요를 이야기
하는 것이 아니다. 구원을 위해서 믿는 것이 아니라, 견실한
믿음 속에서 구원의 희망이 피어오를 수 있다는 말이다. 상처
로 남은 과거의 기억에 잠식당하지 않고, 그 온전한 믿음 속
에서 만나 서로 환대하고 연대할 수 있다면, 상처는 희망으로
역전될 수 있을지도 모른다. 지아와 조, 상실과 결핍이라는
공통의 상처를 갖고 있는 두 사람은, 교감과 공감이라는 소통
의 힘으로써 그들을 사로잡고 있었던 죽음의 충동을 삶의 의
욕으로 반전시키려고 한다. 그러나 그들은 세상과의 소통에
서 소외되어 상처받았던 사람들이었음에도, 가난하고 늙은
여자(할머니)의 말을 신뢰하지 못했고, 절실한 그 예언의 목
소리를 들어내지 못했다. 그들은 충분히 세심하지 못했다. 그
러니까 역시 그들마저도 그렇게 무신경하고 말았던 것이다.

　작은 차이를 알아채는 그 세심한 인식의 역량이란 구원의
힘이기도 하다. 결국 예언처럼 폭우의 재난이 닥치지만, 구조
를 요청하는 지아의 연락은 조에게 가닿지 못한다. 뒤늦게 연
락을 확인한 조는 상실의 수난 속에서 지옥 같은 삶을 살아
본 사람이기에, 다시는 소중한 것을 잃지 않겠다는 의욕을 갖

고 지아를 구조하러 달려간다. "지금 당장 붙들지 못하면 그녀를 영영 잃어버릴 것만 같은데, 지아가 있는 곳은 도무지 그에게 가까워지지가 않았다. 그는 얼굴에 쏟아져 내리는 빗줄기를 손등으로 훔쳐내고 다시금 발을 내디뎠다. 그녀와 해야 할 이야기가 아직 너무도 많이 남아 있었다."(167쪽) 여기에는 역시 형이상학적인 느낌이 드는 '구원'이라는 말보다는, 긴박한 현실에 자기의 몸을 던져서 개입하는 '구조'라는 말이 더 어울리는 것 같다. 무엇보다 영원이 아닌 '지금 당장(Jetzt-Zeit)'이라는 조의 그 시간에 대한 절박한 감각이, 그들이 저질렀던 무신경과 불신의 대가를 넘어 그 재난으로부터의 구조를 희망할 수 있게 한다. 두 사람이 어떤 매개도 없이 '직접' 만날 수는 없겠지만, 조와 지아가 그 난경(難境)을 뚫고 지금의 시간에 충실히 협력해서 소통을 이룩해나간다면, 다정한 결속과 함께 그들의 깊은 상처에는 희망의 새살이 돋아날 수 있지 않을까.

자기에게 몰두하다가 유일한 안식의 자리가 되어주었던 진경을 잃어버린 여자(「거미줄」), 계급적인 차이의 안락함 속에서 보연을 거부해버린 수진(「서로에게 좋은 일」), 표면으로 이면을 속이고 은폐하려 했던 유선의 그 계급적 욕망이 결렬시켜버린 경주와의 만남(「개미」), 그리고 마침내 그런 형이상학의 환상에서 깨어나 지금의 현실을 응시하게 되는 서인의 여정(「우리는 오로라를 기다리고」). 무경과의 만남을 통해서 희망의 도주로를 발견해낸 여자(「황벽나무 노란 속껍질」), 사랑이란 아니 모든 만남이란 어떤 고립무원의 상황에서도 포기하지 않는 소통의 결실이어야 한다는 것을 알려주는 선아와 재이의 관계(「최초의 부고」). 그리고 재난의 위기 속에서 자기들의 부주의한 실수를 깨닫고, 상처 받은 자들의 소통과 연대를 통해서 드디어 또 다른 희망의 새날을 기대할 수 있게 해주는 지아와 조(「유실물」). 상처의 원체험을 애도하지 못하고, 누구에게도 이해받지 못한 가엾은 자기의 상(像)에 고여 있다는 것은, 그 자체가 이미 그 상처의 병리적 증상이다. 피해의식에 사로잡힌 취약한 주체는 그 상처의 형이상학적 기원을 해체하는 과정을 통과해야만, 비로소 이해받지 못했다는 끈질긴 자의식에서 벗어날 수 있고, 마침내 스스로를 이해하고 또 다른 누군가들마저 이해해줄 수 있는 주체로서 거듭날 수 있다. 그러니까 서정아의 소설은 저 공고한 상처의 기원을 파고들어가, 그 병리적인 환상을 떠받치고 있는 정신의 틀(형이상학)을 해체하려고 하는 필사적인 노력이라고 할 수 있겠다.

서정아의 소설 속에 등장하는 여자들은 서정아가 아니지만, 그렇다고 그와 전혀 무관하다고 할 수도 없을 것이다. 서정아가 저들의 어떤 부분들인 것처럼, 그들은 동시에 숱한 서정아들이다. 그들은 그 무엇으로 간단하게 환원될 수 없는 고유한 생명들이다. 서정아는 대한민국의 국민이자 부산의 시민이고, 누군가의 엄마이고 아내이며 딸이지만, 무엇보다 그는 체계와의 난해한 불화를 무릅쓰며 저 고유한 생명들의 이야기를 써낼 수 있는 소설가이다. 좋은 소설가는 체계가 부여한 정체성으로부터 일방적으로 규정당하는 자가 아니라, 그 정체성을 의심하면서 끊임없이 스스로를 다른 무엇으로 갱신해낼 수 있는 사람이다. 섬세하지 못하고 투박한 선별의 논리로 작동하는 출판자본과 문학 장(champ)의 구조적 체계 속에서, 이 세심한 작가의 탁월함이 소외되지 않고, 역시 그 체계의 바깥을 희망하는 좋은 독자들을 만날 수 있었으면 좋겠다. 어떤 부조리 속에서라도 이들과 함께 그 소통의 아포리아를 굳세게 가로지르며, 상처 난 지금의 시간을 아프게 희망하시기를.

　내가 다니고 있는 요가원의 선생님이 수강생들에게 가끔
하는 말이 있다.

　"미안하지만, 여러분. 이렇게 매일 한 시간씩 운동한다고
해서 몸이 좋아질 거라고 기대하지 마세요. 다만 지금보다 더
나빠지지 않기 위해서 하는 겁니다."

　'미안하지만'이라는 말은 상투어일 뿐, 실은 하나도 미안해
하지 않는 것 같은 냉철한 말투이지만, 요가 선생님의 그 말
은 내게 이상하게 힘이 될 때가 있다.

　운동을 할 때뿐만이 아니라 글을 쓸 때에도, 삶을 살아가는
순간순간에도.

2021년부터 2023년까지 쓴 소설들을 묶어낸다.

스스로 부끄러움이 없지는 않지만, 지금의 나보다 더 나빠지지 않으려는 마음으로 계속해서 쓸 것이다.

섣부른 환상이나 낭만에 기대지 않되, 소박한 희망들을 저버리지도 않겠다.

그렇게 일상을 단련하듯 한 글자 한 글자 써 내려간다면, 먼 길을 돌아 그 이야기들을 다시 마주했을 때 기쁘게 웃을 수 있으리라는 믿음을 이제는 갖게 되었다.

좋은 책을 만들기 위해 애써주신 강출판사 정홍수 대표님과 이명주 편집자님,

깊고 섬세한 시선으로 내 소설들에 훌륭한 징검다리를 놓아주신 전성욱 선생님,

늘 따뜻했던 그 손의 기억을 책 표지에 귀한 문장으로 얹어주신 김가경 선생님,

지난 3년 동안 문학과 삶에 대한 공부의 바탕이 되어준 동귀소설강독회,

그리고 언제나 나를 믿고 응원해주는 가족들과 친구들,

모두에게 진심을 담아 감사의 마음을 전한다.

수록 작품 발표 지면

우리는 오로라를 기다리고 _『문장웹진』 2022년 9월호

거미줄 _『좋은소설』 2021년 가을호

서로에게 좋은 일 _『작가와사회』 2021년 겨울호

개미 _『문장웹진』 2023년 10월호(『멀미』)

최초의 부고 _미발표작

유실물 _『동인지 동귀소설강독회 Vol.1』 2022년 12월

황벽나무 노란 속껍질 _『동인지 동귀소설강독회 Vol.2』 2023년 12월